文春文庫

あした咲く蕾

朱川湊人

目次

あした咲く蕾

あした咲く蕾

僕が出会った、天使の話をしよう。

天使と言ってもヨーロッパの宗教絵画に描かれているような、白い鳥の羽根を背中に生やし、頭の上に光るリングを浮かべているようなのを想像されても困る。

僕の知っている天使は、いつもきつめのジーンズを穿き、派手なデザインのシャツばかりを好んで着る二十五、六歳の女性の姿をしている。髪を鳩尾《みぞおち》に届くくらいに伸ばし、ついでに睫《まつげ》もマッチ棒が三本載せられるくらいに長くって、なかなかの美人だ。けれど口を開けばバリバリの関西弁で、のべつまくなしに煙草を吸い、何かにつけて人の神経を逆撫でることを言うのが好きだった。おまけに雨の中に捨てられていた子猫を見て「はよ死んだ方が幸せやで」と真顔で口走る冷血ぶりで、少しばかり目鼻立ちが整っていても、その性格の悪さをカバーし切れていなかったのではないかと思う。

実際、一筋縄ではいかないヘソ曲がりだったけれど――それでも彼女は天使なのだ。好むと好まざるとにかかわらず、そういう星の下に生まれてきてしまったのだから。

1

僕が彼女に初めて会ったのは、今から三十四年ほど昔——昭和四十四年の六月のことだ。大阪万博の前の年で、その頃、僕は小学二年生だった。

当時暮らしていたのは東京の根岸で、上野の山から新坂《しんさか》を下って言問通りを渡り、五分ほど歩いたところにある古びた借家が僕と家族の住まいだった。小さな家がぎっしりと寄り集まり、細い路地がアミダくじのように走る下町の一角だ。

さすがに前後の細かいことは忘れてしまっているけれど、どうせ僕のことだから、近くの公園で友だちと『仮面の忍者 赤影』ごっこでもした帰りだったに違いない。どこかで拾った木の棒を振り回しながら、遠くの建物の向こうに落ちていく夕陽に向かって、いい気分で唄を歌っていた。それも、いかにも頭の悪い子供が喜びそうな下品な唄——たん、たん、たぬきの——というヤツを、大音量でブチかましていたのだ。小学校低学年の男の子は、高確率でバカである。

やがて家のすぐ前まで来ると、近くの電柱の陰に隠れるようにして、髪の長い女性が煙草を吸っているのに出くわした。この界隈では見たことのない人だ。

(あっ、カルメン・マキだ)

その女性を見た時、僕は反射的に思った。当時、『時には母のない子のように』という歌を大ヒットさせていた若い女性歌手に、どことなく似ていたからだ。

もっとも後になってから思えば、細かい顔の造作が似ていたとは言いがたい。きっと体全体から立ち上る、どことなく投げやりなムードが似ていたのだろう。裾が大きく広がったジーンズ（周囲の大人たちが、ラッパズボンと呼んでいたやつだ）を穿いて、アルファベットを羅列した赤いTシャツを着ていたのを、なぜだかはっきり覚えている。

近づいてきた僕に気づくと、彼女は睨みつけるような視線を向けた。その瞬間、僕は声を小さくしたのだけれど、歌うのをやめはしなかった。慌てて口をつぐむのも、逆に恥ずかしく思えたからだ。

「……アホやな」

僕を一瞥《いちべつ》すると、形のいい鷲鼻から二筋の煙を噴き出しながら、その女性は関西弁で呟いた。

「大阪でも東京でも、やっぱり子供っちゅうのはアホにできとるわ」

「あの……お姉さん、誰ですか？　そこは僕ン家なんですけど」

久しぶりに耳にする関西弁を新鮮に感じもしたけれど、先に質《ただ》すべきは、その点だ。

「あんた、ここの家の子？　ちゅうことは、ツカサかいな」

確かに僕は司《つかさ》で、この家に僕以外に司はいない。

「赤ん坊の時はメチャ可愛かったんに、きったないガキになっとるなぁ」

遊びで薄汚れた僕の顔をしげしげと眺めて、彼女は落胆したように眉をひそめた。あまりと言えば、あまりの言いようだ。

「何や、ウチのこと、忘れたんか？　あんたのおばちゃんやんか」

ぽかんとしている僕に、彼女は笑って言葉を付け足した。

そう言われても、僕に心当たりはなかった。小さい頃は自宅から半径数キロ以内で世界が終わっているから、頻繁に顔を合わせてでもいない限り、親類のことなど覚えていないものだ。

「あんたのお母ちゃんの妹やがな」

そこまで言われて、ようやく思い出した――押入れにしまってあるアルバムに僕が生まれた前後の写真を集めたページがあったけれど、確かその中に、まだ産着を着ている僕がセーラー服姿の少女に抱かれている写真があった。その少女こそ、母の七つ年下の妹である美知恵《みちえ》さんだと聞いたことがある。

「せやせや。ウチが、その美知恵や」

彼女は煙草を地面に捨て、サンダルのつま先ですり潰しながら言った。

「今日、大阪から来たんや……昼過ぎからおるんやけど、中で煙草を吸うと、あんたのバアちゃんがうるさいよってな。わざわざ出てきて吸ってんねん」

自分でもときどきふかしているくせに、祖母は女性が煙草を吸うのを嫌っていた。それを知っているというだけで僕は、彼女が身内に違いないと信じることができた。

「まぁ、立ち話も何やから、家にあがろか」

その女性は——美知恵おばさんは、まるで自分の家のように玄関の引き違い戸を開き、中に入るようにアゴで指図した。

(何で、こんなに偉そうなんだ?)

僕がそう思ったのは言うまでもない。


「この子が、お母さんの妹の美知恵よ。ちょっと事情があって、しばらく東京に住むことになったの」

その日の夜、大小二つのちゃぶ台を並べた夕食の席で、改めて母が紹介してくれた。

母はもともと大阪出身だが、家では関西弁を使わなかった。同居している祖母が関西弁を毛嫌いしていたから、意識して封印したのだ。

「それにしても……しばらく会わないうちに、美知恵ちゃんもすっかり大人になったなぁ。初めは、誰だかわからなかったよ」

浴衣に着替え、うまそうにビールを飲みながら父が言った。その頃、父は須田町の商事会社に勤めていた。

「司が生まれた時に会ったのが最後だから、八年ぶりなんだね」

「ご無沙汰して、エライすんません」

いつもより少し豪華になっている夕食をパクパク食べながら、美知恵おばさんは答えた。その時、向かいに座っていた祖母が、険のある眼差しで彼女の顔を眺めていたのを、はっきり覚えている。

東京から一歩も出たことがないせいか、祖母はありがちな地方への偏見に凝り固まっている人だった。何かにつけて、どこそこの人は意地が悪いの、どこそこ生まれは嘘つきが多いのと、ただの思い込みに過ぎないような話を、事あるごとに僕や妹に聞かせていたものだ。もちろんマイナスイメージのものばかりで、褒めることは絶対にない。僕にとっては今も昔もくだらない偏見としか思えないが、他人をくさすことができれば何でも良かったのだろう。祖母は文句を言うのが趣味のような人だった。

「高校出てから、どうしてたの」

「あっちこっち、フラフラしとったんです」

父の問いかけにおばさんは、さらに祖母に嫌われそうな返事をした。

「梅田でデパートガールやったり、奈良の漬物屋やら喫茶店やらで働いたり、ホンマ、いろいろですわ」

「だから、今まで会わなかったんだね」

祖母が何か口を挟む前に、僕は言った。

それまでに僕自身も、何度か母方の祖父母の元を訪ねたことがある。そこで母の兄である伯父さんや従兄弟《いとこ》に会ったりしたものだけれど、この美知恵おばさんだけは、まったく記憶になかった。話だけは聞いたことはあるけれど、実際に顔を合わせる機会がなかったのだ。

「じゃあ、チィに会うの初めて？」

「お母ちゃんとこで、写真は見てたけどな。やっぱり実物は可愛いわぁ」

僕が尋ねると、おばさんは隣に座った妹の千尋《ちひろ》のホッペを指でつまんだ。当時五歳だった妹は、いかにも嬉しそうな顔をした。

「ウチら、もう仲良しやもんな」

「うん、仲良し」

僕より一足先に彼女に会っていた千尋は、すでにおばさんと打ち解けていたようだった。僕にいじめられるたびに「お姉ちゃんが欲しい」と泣いていた妹にとっては、思いがけない形で夢が叶った気分だっただろう。

「すぐにアパートを探すつもりだけど、見つかるまで家に泊まるから、ちょっとガマンしてね」

つまり、しばらく僕の家で一緒に暮らすということだ。僕や妹にとっては珍客到来で、むしろ楽しい出来事だったけれど、母の口調はすまなそうだった。おそらく僕らのいないところで、祖母に厭味でも言われたのだろう。

けれど夕食の後、おばさんが席を外した隙に僕を台所に呼びつけて、母は奇妙なことを言った。

「千尋はまだ小さいからしょうがないけど、あんたはもう二年生だから言っておくわ――司、おばさんと遊ぶのはいいけれど、あんまり仲良くしちゃダメよ」

それは母には似つかわしくない物言いだった。常日頃、何かにつけて人と仲良くしろとうるさいのに、まったく正反対のことを言うなんて――当然のように僕は聞き返した。

「何で？」

「あのね……」

母は何か言いかけたが、八歳だった僕には理解できないと思ったのか、不意に口をつぐんで眉をひそめた。

「どうしてもよ。母さんの言うことも、たまには素直に聞きなさい」

あの時、母はおばさんの例の力について話すつもりだったのかもしれない。

そうだとしたら、その判断は賢明だった。いくら口で言われたところで、あんな奇妙な力を簡単に信じることなどできはしない。三十四年もの歳月が流れた今でも、半分は夢だったような気がしているくらいなのだから。

2

おばさんの不思議な力を目の当たりにしたのは、それから数日後の土曜日のことだ。

その日、僕が学校から帰ると、妹が子供部屋でさめざめと泣いていた。

「どうしたんだよ、チィ」

僕の言葉に千尋はキッと顔をあげ、一瞬黙り込んだかと思うと、やがて弾けたように声を放った。

「美知恵おばさんが、チィはフクちゃんみたいだって」

「フクちゃんって、新聞のマンガの？」

当然ながら『フクちゃん』は、当時毎日新聞に連載されていた横山隆一のマンガである。学帽を被ったスタイルが可愛くて、僕は大好きだったのだが——。

「さっき駅前の商店街で、お母さんに帽子を買ってもらったんだけど……おばさんがフクちゃんみたいだって笑うのよ」

そう言いながら妹が見せたのは、白いキャスケットだった。全体が丸っこくて、小さなツバのついた可愛い帽子である。今では小さなブティックを経営している妹は、幼い頃からおしゃれが好きで、その帽子をずっと前から母にねだっていたのを僕も知っていた。

「それはフクちゃんみたいに可愛いっていう意味だろ。褒めてるんだよ」

「だって、フクちゃんは男の子」

五歳と言えど乙女心は微妙なもので、いくら可愛くても男の子と一緒にされてはショックなものらしい。おばさんも同じ女なら、わかりそうなものなのに。

僕は妹に代わって、両親の部屋にいるおばさんに文句を言いに行った。妹は一度泣き出すと長いので、そうでもしなければ収まりがつくまい……と思えたからだ。

「チィちゃんも、めんどくさい子やな」

僕の話を聞くと、おばさんは心底疎《うと》ましそうに舌打ちをした。

「そんなヤワなんは、大阪じゃ生きていけへんで」

「でも、ここは東京だし」

僕が答えると、おばさんはギロリと怖い目で睨んだ。

うちに来てから数日が過ぎて、僕はおばさんの本性をかなり理解していた。おとなしかったのは初めの二日ほどだけで、時間が経てば経つほど地が見えてきたのだ。

家族の誰もが予測したことだが、やはり祖母とおばさんのソリは合わなかった。どちらも他人に対しては一言多い似た者同士——一つ屋根の下で過ごすには辛い組み合わせである。

「私、関西弁ってイヤなのよねぇ。何かベタベタしていて」

おばさんが来たあくる日、夕食の席でそう言いだしたのは祖母である。けれど、より強い毒を投げ返したのはおばさんの方だ。

「私に言わしてもろたら、東京の言葉は愛想なしですわ。何や包丁でぶつ切りにしたみたいな感じで、冷たい上に偉そうに聞こえますわ。ナニ気取ってんねん、ナニ様のつもりや……って思っちゃいます」

「もしかして、それは私に言ってるの？」

「ちゃいます、ちゃいます。いわゆる一般論っちゅうもんですな。あ、一般論って、わかります？」

横で聞いているだけでハラハラしたものだったが、いちばん困っていたのは母だろう。立場をわきまえない妹の暴走を止め、どうあっても姑の機嫌を取らなくてはならなかったのだから。

「美知恵、いい加減にしなさいっ」

母は話に割って入り、まるで漫才の突っ込みのように、おばさんの後ろ頭を叩いた。

結局、美知恵おばさんは来た早々に、用事がある時以外は両親の部屋から出ないように命じられてしまった。祖母との接触を減らすための苦肉の策である。

祖母はたいてい茶の間で一日を過ごしていたので、おばさんはテレビさえ見ることができず、僕が貸し本屋で借りてきてあげたマンガを読んで過ごすしかなかった。おばさんは男の子向けのマンガが好きで、『ちかいの魔球』や『伊賀の影丸』なんかが気に入っていたようだ。

「とにかく、チィに謝ってよ。そうしないと、一日中泣いてるんだから」

「なんでウチが謝らんといかんの」

子供相手に美知恵おばさんも依怙地《いこじ》だった。女性というのは、年に関係なく厄介な生き物だ——と八歳の僕は思ったものだ。

「ほんまにフクちゃんみたいやったから、そのまんま言うただけやんか」

「フクちゃんは男の子でしょ。男の子と一緒にされたのが、チィはイヤなんだって」

「めんどくさぁ」

おばさんは口の中で呟き、ハイライトを一本咥《くわ》えるとマッチで火をつけた。

「しゃあないな。謝ったりはせえへんけど、機嫌は取ったるわ」

ハイライトをゆっくりと灰にした後、おばさんは仕方なさそうに言った。

「どうやって？」

「おもろい魔法、見したる……ちょっとチィちゃん呼んでき」

きっと手品でも見せてくれるのだろうと解釈して、僕はまだグズグズ言っている妹を、半ば無理やり部屋から連れてきた。

「ええか？　これからおもろいもんを見したるけど、友だちとかに言うたらアカンで。あと、父さんやバアちゃんにも言わんようにな」

　そう釘を刺した後、おばさんは窓から首を出し、三畳ほどの広さの裏庭を眺めた。やがて日陰で枯れかけている朝顔の鉢に目をつけると、例によってアゴで僕に指図した。

「ツカサ、あのしょぼくれた朝顔を、ちょっと持ってきぃや」

　それは僕が、ちょっとした気まぐれで植えた朝顔だった。きちんと世話をしていれば蕾《つぼみ》をつける頃なのに、水遣りをサボったせいか、ほとんど枯れてしまっていた。支柱に巻きついている蔓も茶色になっていて、蕾など望むべくもない。

　別に言い訳するわけではないが、当時の僕にとって朝顔はありふれた花だった。

　家からほど近い入谷の鬼子母神で毎年七夕の頃に朝顔市が開かれるのだが、その頃は界隈の道という道が朝顔の鉢で埋まってしまう。その光景を物心ついた頃から見ていたせいか、朝顔はいつでも見られる、珍しくもない花……という認識が強かった。だから、ついぞんざいに扱ってしまったのだが、やはり、どうしたって言い訳にしか聞こえないだろう。

「これをどうするの」

　裏庭から鉢を持ってきて、新聞紙を敷いた畳の上に置いてから僕は尋ねた。

「そう慌てんと……とりあえず枯れてる葉っぱを取りや」

僕は指示されたとおりに、完全に枯れてしまった葉っぱを取った。妹はまだふくれっつらをしていたが、おばさんの言う〝魔法〟には興味があるらしく、一緒になって葉っぱを取った。

「ええか？　よう見ときよ」

ずいぶんスッキリした朝顔の鉢の前に正座すると、おばさんは右手の親指と人差し指で、根元近くの蔓をつまんだ。それから大きく深呼吸すると、くっと息を止めて目を閉じる。

「あっ」

ほんの数秒の出来事だったが、それを目の当たりにした僕と妹は、ほとんど同時に声をあげた。

「ほんとに魔法だ」

そう、それは確かに魔法としか思えなかった。枯れかけていた朝顔の蔓が見る見るうちに緑に染まり、先端が生き物のように動きだした――いや、生長を始めたのだから。

「新しい葉っぱが、どんどん出てきてる」

よく科学のドキュメント番組で流れる、植物の生長するさまをハイスピードで送った映像のようだった。わずかの間に蔓の先端は三十センチ近く伸び、極細の蛇めいた動きで支柱に巻きついた。しおれていた葉は丸めた紙を広げるように張りを取り戻し、ふちが焦げたように枯れていた部分は、新しく生まれた緑の部分に呑み込まれて消えていく。

「おばさん、これ、どうなってんの」

「魔法やって言うたやろ。こう見えても、おばちゃんは魔法使いなんや」

話す間にも、朝顔は生長していた。葉の根元近くに新鮮な緑色をした釘のようなものが伸びてきたかと思うと、見る見るうちに膨らんで、淡い白に青のらせん状の縞の入った蕾になった。

「ここいらでええやろ」

そう言っておばさんが指を離すと、生き物めいた動きで揺れていた朝顔は、自分が植物だったのを思い出したかのように、ふっと動きを止めた。

「チィちゃん、見てみ。これが〝あした咲く蕾〟や。庭の日当たりのいいところに戻しといたら、明日の朝には咲くで」

一番大きな蕾を指差して、おばさんは笑った。

その時、当の妹の頭からは、フクちゃんの一件は吹き飛んでしまったようだった。憧れとも尊敬ともつかない潤んだ瞳で、髪を掻き上げるおばさんの顔を見つめている。

「お母さん！　お母さんってば！」

突然、妹は立ち上がって叫んだ。五歳の子供が自分に理解できない事態に出会ったら、親に知らせようとするのは当然だろう。おばさんは慌てて引きとめようとしたが間に合わず、妹は母のいる台所へと駆けていってしまった。

「あぁ、また姉ちゃんに怒られるわ」

おばさんはウンザリした口調で言いながら、新しい煙草に手を伸ばした。

「ねぇ、これって本当に魔法なの？」

「ホンマ言うと違うな……まあ、ウチの才能みたいなもんや」

僕の言葉におばさんが笑って答えた時、母がお玉を片手に部屋に飛び込んできた。頭に血が昇っているのか、顔が赤くなっている。

「美知恵、あんた、何しとんの！」

関西弁が母の口から飛び出すのを聞いて、僕はよほどのことだと思った。母は祖母が家にいる間は、関西弁を完全に封印しているはずだからだ。

「子供らに、ちょっと見せるくらいええやんか」

「ホンマにもう……あんたって子ぉは、何で大切なことをポンポンばらしてしまうんや」

そう言って、母は泣き崩れた。

3

それから一週間ほど後だったろうか、おばさんは僕の家を出て行った。と言っても大阪に戻ったとかいうのではなく、歩いて十分ほど離れた場所にアパートを借りたのだ。同時に地下鉄の入谷駅近くの喫茶店で働き始め、むしろ本格的に東京で暮らし始めたと言っていいだろう。

けれど母は、おばさんが独り暮らしするのを喜んでいなかった。できれば自分の手元に置いておきたい……と真剣に考えていたようだ。二十五歳を過ぎた大人の女性に対しては、いささか過保護のように思えるかもしれないが、それもこれも、例の特殊な〝才能〟のためである。

「あの子は、やっぱり寂しかったと思うのよ」

後年、何かの折に美知恵おばさんの話が出るたびに、母は言っていたものだ。

「あんな不思議な力を持っているくせに、人並み以上に情が深いんだから……神さまだか仏さまだか知らないけど、残酷なことをするものよねぇ」

「やっぱり、おばさんは……できるだけ人を愛さないようにしていたのかな」

「そういう部分はあったんじゃないかしらね。人を好きになるのは、あの子にとっては命取りだから」

だとしたら――あの頃のおばさんは、わざと人に嫌われるような態度を取っていたのだろうか。それなら、あの口の悪さも納得がいくような気もするのだが。

「あぁ、それはないわよ」

僕がそう言うと、母は決まって答えた。

「あの子の性格の悪さは素なのよ。力のことがわかる前から、あんなだったから」

その言葉を聞くたびに、泣いていいのか笑っていいのか、わからなくなる。あの力があろうがなかろうが、やっぱり美知恵おばさんは美知恵おばさんなのだ。

おばさんの不思議な才能——それは当時、僕と母しか知らない秘密だった。

話したところで祖母には理解できないだろうし、父には信じられなかっただろう。妹は今でこそ知っているけれど、その頃はさすがに幼過ぎた。できれば僕も知らない方がよかったと母は言っていたけれど、おばさんが自分からバラしてしまったのだから仕方ない。

「ツカサ、ちょっと一緒に来て」

おばさんが庭で朽ちていた朝顔を甦らせた日、母は夕飯の買い物に同行するように僕に言った。てっきり一升瓶に入った醤油や酒を持たされるのだろうと思ったけれど、母はそのどちらも買わなかった。そればかりか商店街のパン屋でアイスキャンデーを買ってくれて、近くの公園のベンチに並んで腰を降ろし、僕におばさんの秘密を教えてくれたのだ。

「今から言うことは、絶対、人に話しちゃいけないよ……おばさんの命に関わることだからね」

いつになく真剣な母の表情に、僕は緊張した。けれど、その後に母の口から出てきた言葉が現実離れし過ぎていて、途中からどんな顔をしていいか、わからなくなった記憶がある。

「実は、おばさんは〝命〟を分けてあげることができる人なんだよ」

一瞬、母が僕を担ごうとしているのではないかと思ったが——昔も今も、母は命を冗談の種にするような人ではない。

「信じられないのはわかるけどね……母さんの家系には何代かに一人、そういう力を持った女の子が生まれてくるんだよ。どうしてかはわからないけど……やっぱり私の曾《ひい》おばあちゃんのお姉さんが、そういう人だったらしいけど」

その時の母の話を大雑把にまとめると、こんなふうになる——。

人はよく、命をあげたりもらったりできたらいいと考える。自分の子供が死に直面すれば、どんな親でも自分の命をあげられたら……と思うし、ささいなことで自殺した人の話を聞けば、病気で死ななければならない人に、その命をあげればいいのにと呟く。けれど、実際にそんなことはできない。できないからこそ、みんな考えるのだろう。

しかし、それができてしまうのだ——美知恵おばさんには。

「さっきの朝顔は、おばさんが少し命を分けてあげたから、あんなに元気になったのよ」

「……すごいなぁ」

僕は驚くしかなかった。実際にそんなことができる人間がいるとしたら、それこそ神さまではないか。

けれど僕の言葉に、母は浮かない顔で言った。

「ツカサは今、限りないものをどんどん人にあげられると思っているでしょう？　牛が牛乳をいくらでも出せるみたいに」

牛にも限度はあると思うが、そういうイメージを持っていたのは本当だ。

「でも、違うのよ。あげられる量には限りがあるの」

それから母はしばらく考えて、八歳の僕にもわかるように説明してくれた。

「母さんも命なんて見たことがないけど……生きているものはみんな、見えないコップを持っているのだと思いなさい。そしてその中には水が入ってるの。その水が命よ。人はみんな、その水を少しずつ飲んで生きているの……でも、水の量は人によって違うわ。たっぷりコップの縁《ふち》まで入ってる人もいれば、初めから半分くらいしか入っていない人もいる」

この母の説明から考えると、この場合の〝命〟とは、運命的に決められた寿命とか生命力のようなものなのかもしれない。

「悲しいけれど、その水を増やすことはできないわ。ただ、ゆっくりと減っていくだけ……減っていくスピードを落とすことはできるかもしれないけど、人からもらったりすることはできないの。もちろん、人にあげることもね」

「それが、おばさんにはできるんだね」

「そうなのよ。なぜだかはわからないけど、あの子は人のコップに水を分けてあげることができる。でも、あげてしまったら、あの子のコップの水は減るでしょう？」

噛んで含めるような母の説明を聞いて、僕はようやく理解した——八歳の子供の頭には、かなり高いハードルだったけれど。

「つまり人に命を分けてあげてしまったら、おばさんの命が、それだけ減るってこと？」

「そのとおりよ。それに……コップの中身を見られるのは神さまだけなの。自分のコップにどれくらいの水が入っているのか、自分で見ることはできないのよ」

それがどういう意味なのか理解した時、僕は背筋が寒くなるのを感じた。

仮にさっき朝顔に分けてあげた命が、実はおばさんのコップの中の最後の一滴だったとしたら、それをあげてしまった途端に、おばさんは——。

「だから、あんな力は使っちゃダメなの。そんな変な力のことはきれいに忘れて、普通に生きるのが一番いいのよ」

確かに母の言うとおりだった。そんな危ない力なら、初めからない方がいい。

「だから、もしツカサの前で、あの子が力を使おうとしたら、絶対に止めなければダメよ」

その言葉に、僕は深々とうなずいた。

4

三十四年が過ぎた今でも、おばさんとの日々を思い出すと顔が笑ってしまう。

さすが関西人だけあって、彼女は楽しい人だった。毒舌ではあったけれど、僕や妹は祖母で耐性がついていたし、慣れてしまえば、それさえも面白く感じられたものだ。

おばさんは入谷駅近くの喫茶店で働いていたが、週に三回、早番の時は六時で帰ることができる。その日は中古で買った赤い自転車に乗って、おばさんは必ず僕の家にやって来た。一緒に夕飯を食べるためだが、そうさせることで母なりに、おばさんを見守っていたのだろう。

相変わらず祖母はいい顔をしなかったが、しだいにお互いの距離感がつかめたらしく、前のようにムダな言い争いをすることは少なくなった（完全になくなりはしなかったけれど）。あまつさえ二人でお茶を飲んでノンビリ話していることさえあって、もう少し時間があれば、もっといい関係になれたのではないかとも思う。

また、おばさんはアパートにテレビを持っていなかったので、僕の家でテレビを見るのを楽しみにしていた。確か人類初の月面着陸も見たはずだが、ニュースよりも歌謡番組が好きで、それよりもお笑い番組に目がなかった。特にその年の秋からは伝説の爆笑番組『巨泉・前武ゲバゲバ90分！』が始まり、僕ら兄妹とともにブラウン管の前で笑い転げていたものだ。もちろん、何かにつけて「あっと驚く、タメゴロ〜」とふざけていたのは言うまでもない。

ただ——ゲバゲバで笑っている顔も印象深いけれど、それよりも強く心に残っているのは、歌番組で新谷のり子の歌う『フランシーヌの場合』を聴いて、目を潤ませていた横顔だ。

「フランシーヌもアホやな。死んでしもうたら終わりやんか」

テレビから流れてくる哀調を帯びたメロディーを耳にするたびに、そんなふうにおばさんが呟いていたのを思い出す。

『フランシーヌの場合』は、ベトナム戦争やビアフラの飢餓に抗議して、その年の三月（もちろん三十日の日曜日だ）にパリで焼身自殺を遂げたフランシーヌ・ルコントという女学生をモデルにした歌だが、きっとおばさんなりに感じるところがあったのだろう。

「ツカサもチィちゃんも、よう覚えときや。この世にはな、死ぬほどのことは何もあらへん。辛いのも苦しいのも、時間がたったら忘れられるもんやで。だから何があっても、自分で命を捨てるようなことをしたらアカンのや」

おばさんの口から出てくる言葉の半分以上は悪ふざけか毒舌で、叔母らしい教育的なことを口にしたのは、後にも先にもこの時だけだった。もっとも受け取る側の僕や妹が幼過ぎて、今ひとつピンと来なかったけれど。

（おばさん……ずっと家にいたらいいのにな）

そんなふうに楽しく過ごしているうちに、いつの頃からか、僕はそう思うようになっていた。

できればおばさんがアパートを引き払い、以前のように一つ屋根の下に住んでくれたらいい。それが無理なら、せめて毎日、顔を出してくれないだろうか――何せ一日会わないだけで、おばさんに話したいことが、僕の中で山のようになってしまうのだ。

もしかすると僕はあの頃、おばさんに思慕に近いものを感じていたのかもしれない。おばさんの顔を見るだけで幸せな気持ちになったし、一緒にいるだけで、目に見えないはずの時間そのものが、きらきらと輝いているように思えた。おばさんと歩いている時などは妙に誇らしい気分で、「この人は僕のおばさんなんだ」と自慢したくなることもしばしばだった。

だから今でも僕は、相馬さんを少し恨んでいる――大阪からはるばる、おばさんを迎えに来た恋人を。

その人がやって来たのは、クリスマス間近の風の強い土曜日だった。

僕は家の前の道路で、仲間たちと馬跳びをしていた。ときどき通る車に邪魔されるものの、寒い時には、とにかく体を動かす遊びがいい。

「ツカサ、お前ンとこに、お客さんみたいだぞ」

白熱しているところで、近くにいた友だちが背中を叩いて教えてくれた。馬になっていた僕は、前の馬の股の間から懸命に首を伸ばして玄関の方を見た。

そこに立っていたのは、きちんとした背広を着込んだ三十歳くらいの男の人だった。黒縁のメガネを押し上げながら、何度も手にしたメモ用紙と僕の家の表札を見比べている。手にはお土産らしい紙袋を提げていた。

「そこ、僕の家なんですけど、何か用ですか」

友だちがずっこけるのも構わずに体を起こし、僕はその人に声をかけた。

「きみ、この家の子?」

男の人の言葉は関西弁だった。それを耳にした瞬間、何だかイヤな予感がしたものだ。

「この家に、美知恵さんって女の人はおるかな?」

「僕のおばさんですけど」

胸を張って答えると、男の人が小さな声で、よっしゃ、と呟くのが聞こえた。

「今も、おるの？」

「おばさんはいないですけど……お父さんとお母さんならいます」

会社が半ドンだった父はすでに帰宅していて、のんびり炬燵《こたつ》に入っているはずだ。

「じゃあ、ちょっとお父さんに会いたいんやけど」

「おじさん、誰ですか」

「相馬っちゅう者やけど、まぁ、美知恵さんの友だちみたいなもんやな。大阪から来たんや」

自分のいやな予感が的中したことを、僕は確信した。

わざわざ大阪から訪ねてきた以上、ただの知り合いというわけではあるまい。できれば追い返したい気分だったが、悲しいかな、子供にそんな権限はない。僕は家の中に入り、しぶしぶ父に取り次ぐしかなかった。

父は相馬さんを家に上げ、母とともに彼の話を聞いた。僕は友だちに文句を言われながらも馬跳びを抜け、さりげなく子供部屋で遊んでいるふりをしながら、障子の陰で話の一部始終を聞いていた。

やはり僕にとって、相馬さんは最悪の来客だった。

相馬さんは大阪の天神橋というところで消防士をしていて、おばさんが近所の食堂で働いていた時に知り合ったのだという。相馬さん自身はおばさんを恋人だと思っているが、なぜかプロポーズした途端に、おばさんは姿を消してしまったのだそうだ。

「どうして美知恵さんが急にいなくなったのか、僕にはちっともわからんのです。お父さんもお母さんも結婚を許してくれてはるのに」

漏れ聞こえてくる声や話し方を聞く限り、相馬さんはおばさん同様に明るく、何倍も素直な人のように思えた。

「僕が嫌いになったって言うんなら、仕方ないと思います。美知恵さんの選んだことなら、泣き泣きでも従いますわ。でも、何も教えてもらえないままやったら、僕もたまらんです。お義兄《にい》さんやお姉さんには、何も言うてませんでしたか」

「私たちには何も……とにかく、こういうことは本人に聞いてみませんと」

事情が見えていない父の対応は、慎重そのものだった。

（おばさんは、きっとあの人が嫌いになったんだ）

注意深く盗み聞きをしながら、僕は思った。

相馬さんは優しそうで、物分かりもよさそうに見えるけれど、きっと何か悪いところがあるのだろう。おばさんは、それがいやで逃げ出したんだ――僕は勝手にそう考えて、一人で納得していた。

その日の夜、面白いテレビがあったのに、おばさんは僕の家に顔を出さなかった。

母が相馬さんをおばさんのところに連れて行き、三人で長々と何か相談していたのだという。そこでどういう結論が出たのか僕にはわからないが、結局、相馬さんは最終の新幹線で一人で大阪に戻ったという。母からそう聞いて、僕は大いに胸をなでおろした。

(おばさんが、大阪に戻ったりするもんか)

初めて会った相馬さんに嫉妬のようなものを感じながら、僕はふとんの中で、いつまでも続くおばさんとの楽しい生活を夢想した。

5

相馬さんがやって来た数日後、年末だというのに雨が降った。

母は朝から台所で忙しそうにしていたが、僕は思い切って尋ねた――なぜおばさんはプロポーズされて逃げ出したのか、やっぱり、あの人が嫌いになったのか、と。

それは僕なりに安心したいという気持ちから出た質問だったけれど、母の答えは僕のちゃちな予想をはるかに超えたものだった。

「いつか母さんが、あんまりおばさんと仲良くしちゃいけないって言ったのを覚えてる?」

お正月のおせち料理の支度をする手を止めずに、母は言った。

「うん、覚えてるよ……でも、どうして？」

その時は、母らしくないことを言うと思ったものだが、その後、どんなにおばさんと仲良くしていても文句一つ言わなかった。おそらく本心ではなかったからだろう。

「あの子が人を好きになると、大変なのよ。それこそ命取りなの……どうしてか、わかる？」

僕は首を捻《ひね》るしかなかった。男女の話は、八歳の少年には早すぎる。

「あんな力があると、いつか好きな人に自分の命をあげたくなってしまうからよ」

「えっ、どうして？」

「ツカサには、まだわからないかもしれないわね。でも、よく考えてごらんなさい。たとえばツカサにおばさんと同じ力があったとして、目の前に死にそうな犬や猫がいたら、どうする？」

そのたとえ話で、ようやく理解した。

もし僕におばさんと同じ力があって、目の前に死にそうな犬や猫がいたら——やはり自分の命を、ほんの少しだけ分けてあげてしまうかもしれない。

「美知恵おばさんはね、心が冷たそうなフリをしているけれど、本当はとても優しい人なのよ。人を思う気持ちが、とっても強いの」

母は包丁で何か刻みながら、恐ろしいことをさらりと言った。

「だから……あの消防士さんが、もし仕事で命に関わるようなケガをしてしまったら、おばさんはきっと、自分の命を全部あげてしまうでしょうね」

やっぱり、おばさんも相馬さんが好きなのだという事実に僕はショックを受けたが、それ以上におばさんの宿命とでも言うべきものに恐れを感じた。

人は誰でも、自分の命を人にあげられたら……と思う時がある。実際にできないからこそ、それを口に出したりもする。けれど、おばさんのように、実際にできる力を持っていたら。

「冷たいことを言うようだけど、誰とも会わないような山の中で暮らさない限り、あの子は長生きできないわ。誰とも関わらず、誰も好きにならないで」

そう言った後、母はふいに手を止めた。僕がうつむいていた顔をあげて見ると、大粒の涙が、まな板の上にポツポツと落ちていた。声を殺して泣いていたのだ。

いてもたってもいられない気持ちになって、僕は家を飛び出した。外は雨が降っていたけれど、空は妙に明るく、年末だというのにそれほど寒くなかった。

（美知恵おばさん！）

どうしてもおばさんに会いたくなって、僕はアパートのある方角に向かって走りだした。その頃の僕は小学二年生だったけれど、それでもわかったのだ――おばさんの生きていく道が、二つに一つしかないことを。

いつかは自分の命をあげることを承知で、誰かと生きていくか。

誰も愛さず、孤独に生きていくか。

命を分け与えることなく誰かと生きていくという選択肢は、おばさんにはない。自分には助ける方法があるのに、愛する者が苦しんでいるのを見ていられるような人ではないのだ。遅かれ早かれ、いつかおばさんは命をあげる道を選んでしまうだろう。

「ツカサやんか」

アパートに向かう途中、小さな路地を横切ったところで、不意に背後から声をかけられた。振り向くと花柄の傘を差したおばさんが、その路地から顔を出していた。

「傘も差さんと、どうしたんや。びしょ濡れやん」

僕の頭上に傘を傾けて、おばさんは言った。ハンカチを持ち歩いているような行儀のいい人ではないので、僕の頭を掻き毟《むし》るようにして、髪に絡んだ雨粒を弾き飛ばしてくれる。

「今、ツカサの家に行くとこやったんや。今日の夜、ゲバゲバあるやんな」

僕の気持ちも知らず、おばさんは明るく笑った。その時、路地の電柱の陰に、小さな茶色い箱が置いてあるのが見えた。

「あぁ、あれか……捨て猫や」

僕の視線に気づいたおばさんが、箱の近くに連れて行ってくれた。箱はお菓子の名前が入った段ボール箱で、中では真っ白い子猫が一匹、ぐったりと丸まっていた。雨に濡れて、体が細かく震えている。

「この季節の雨ン中に放り出すなんて、鬼やな。人間のするこっちゃないで」

その意見には、まったく賛成だった。箱の中には煮干が一つかみ分入れてあるけれど、温情のつもりだろうか。

「こいつも、はよ死んだ方が幸せやで」

そう言いながらおばさんは、壊れ物を扱うように子猫を抱き上げた。子猫はかすれた声で、にゃあ……と鳴いた。

(もしおばさんと同じ力があって、目の前に死にそうな犬や猫がいたら)

ついさっき考えていたことが、再び僕の頭の中を駆け巡った。

「おばさん……」

気がつくと、おばさんは子猫を抱きながら、目を閉じて息を止めていた。朝顔を甦らせた時と同じだ。右手の指先は、子猫の腹の下にあてがわれている。

「ダメだよ、命を分けてあげちゃ！」

思わず叫ぶと、おばさんは片目を薄く開けて微笑《ほほえ》んだ。

「なんや、ツカサは知っとったんかいな。さては姉ちゃんやな……人には黙っとけって言うたくせに、自分はおしゃべりなんやから」

その間にも閉じかけていた子猫の目に、強い光が戻ってくるのがわかった。まさにその時、子猫はおばさんから命を分け与えられていたのだ。

「しゃあないな。私は人間やから」

しばらくしてから、おばさんはそう言って子猫の頭を撫でた。今しがたまでのかすれた声が嘘のように、子猫は力強く鳴いた。

「ははぁ、ごはん食べさせぇって言うとるで」

元気を取り戻した子猫に頬ずりしながら、おばさんは陽気な声で言った。

その時僕は思ったのだ――おばさんは人間じゃない。本当は神さまが気まぐれに地上に送り込んだ、ちょっと性格の悪い天使なんだと。


それから二月あまり後、おばさんはアパートを引き払って大阪に帰っていった。わざわざ相馬さんが迎えに来て、仲良く一緒に東京を離れたのだ。

きっとおばさんは自分の宿命と折り合いをつけることができずに、相馬さんの愛情から逃げていたのだろう。けれど、それも僕の知らないところで解決されたらしい。

心を決めたおばさんは、改めて相馬さんと婚約した。僕の初恋（なのだろう、たぶん）は、あっけなく終わったが、それもやむを得まい。正直、こんチクショウ……とは思うけれど。

「もうすぐ万博やからな。ツカサもチィちゃんも、大阪に来ぃや。あちこち案内したるわ」

おばさんはそんなふうに上機嫌に言っていたのだが——結局、僕らが万博を見学することはなかった。開催されてまもなくの四月、おばさんはあっけなく世を去ってしまったからだ。

葬儀に駆けつけた僕らに、ある親類の人が「せっかくだから、万博を見物していったらどうや」と言ってくれたが、とてもそんな気にはなれなかった。おばさんが死んでしまったのに、人類の進歩も調和もあるか——という気分だったのだ。祖母はここぞとばかりにその人の陰口を叩いていたが、この時ばかりは僕も賛成だった。その人は好意で言ってくれたに違いないけれど。

おばさんが亡くなったのは、四月八日——いわゆる花祭りの日である。

この日の夕方、大阪駅からほど近い天神橋六丁目の工事現場で、すさまじいガス爆発事故が起こった。史上最大の都市災害と言われている『天六ガス爆発事故』だ。おばさんは運悪く、その現場近くのアパートに引っ越していた。

その工事は地下鉄の延長工事だったらしいが、むき出しにした地面の穴の上に舗工板をかぶせるオープンカット方式という工法が取られていた。その長大な穴の中に漏れたガスが充満したところに、ガス漏れ処理にやって来た車両のモーターの火花が引火したのだ。

報道によると、四百キロもあるコンクリートの舗工板が何百枚も吹き飛び、道路が百五十メートルにわたって陥没したらしい。作業員も通行人も吹き飛ばされ、あるいは信号待ちしていた車とともに穴の中へと落ちていった。

最終的に死者七十九人、負傷者は四百二十人に上ったというが、おばさんがこの数の中に入っているのかいないのか、僕にはわからない。亡くなったのは確かに事故現場の近くだが、死因は急性心不全だったからだ。

「何でもケガした子供を、介抱していたらしいんですわ。その途中で、いきなり倒れたらしいんです」

葬儀の席で、相馬さんは説明してくれた。彼は消防士として消火に当たっていた人間なので、恋人の最後の様子を細かく知ることができたらしい。

「きっと、あまりにひどい状況やったんで、身が持たんかったんでしょう……口の悪さに似合わず、気持ちの優しい人やったから」

現場があまりに悲惨だったことから、この事故を『天六地獄』と呼ぶ人もいるそうだ。破れたガス管から十メートルもの火柱が二本立っていたという話もある。

「あの子が介抱していたっていう子供は……どうなりましたか」

母の涙ながらの問いかけに、相馬さんはわずかに眉を開いて答えてくれた。

「かなり深刻な状態やったらしいんですけど……やっぱり子供は生命力が強いんでしょうかね。今は危ない状態を脱して、元気になってきとるって話です」

その言葉を聞いた時、僕と母は号泣を抑えることができなかった。少なくとも、僕らにだけはわかったのだ――おばさんが、その子に自分の命を全部あげてしまったのだと。

きっとおばさんは、すさまじい爆発の音にアパートの外に飛び出したのだろう。それから現場に駆けつけ、まさしく命が尽きようとしている子供に出会ってしまった。その子はきっと見ず知らずの子供だったに違いないけれど、その場でおばさんの取るべき道は決まっていた。目の前で終わりそうになっている命を、見捨てられるはずがないのだから。

もっともおばさん自身も、命を全部あげてしまうつもりはなかっただろう。自分では確かめられないコップの水を、少しずつ少しずつ、慎重に分けていたのではないかと思う。

「もうチョイ、いけるかな。もうチョイ……もうチビっとだけ」

きっと、そんなふうだったに決まっている。

そう、何だかんだ言っても、おばさんは大雑把で、手加減のヘタな人だった。

騒がれるのはイヤなので秘密にしているのだけれど――雨の日におばさんが助けた子猫は、タメゴローという可愛くない名前をつけられて、それ以後、僕の家の飼い猫になった。

あれから、もう三十四年も経ったのに——今も元気でいる。

雨つぶ通信

小学生の頃、私は超能力者だった――。

四十代も半ばを過ぎ、三人の子供の母でもある私がそんなことを口走ったら、きっと笑われてしまうに違いない。あるいは妙な宗教にかぶれているとか、流行《はや》りの霊能番組の見過ぎとでも思われてしまうだろうか。

思い返すと自分でも夢だったような気がするのだけれど、不思議な声の記憶もしっかり残っていて、もしかしたら当時の私は何か病気にでもかかっていたのかも知れない……と考えたりもしてしまう。幸い今は怪しげな力の欠片《かけら》もないが、それでも静かな雨の日には、どこからか不思議な声が聞こえてくるような気がする。

そして、時々は思うのだ――この世界は、今も寂しい心で満ちているに違いない……と。

1

三十数年の時が流れても、あの冬の暗さは忘れられない。

その頃、私は十一歳で、東京のはずれの公団住宅に母と二人で住んでいた。その四年ほど前に両親が離婚して、一人っ子だった私は母に引き取られたのだ。

今は事情も変わってきているのだろうが、その頃は離婚すると、母親が子供の面倒を見るケースが多かった。育児は女性の仕事と言われていたし、子供は基本的に母親が好きだから、それが自然だと考えられていたのだろう。不安があるとすれば収入面だろうが（日本は昔から格差社会だ）、母は病院事務の資格を持っていたので、ぜいたくをしなければ親子二人、十分に生きていくことができた。

両親が離婚した原因を当時の私は知らなかったし、知りたいとも思わなかった。父のことをあれこれ思い出せば、想像がつくような気もしていたからだ。

父はなかなかの美男子だったが、酔っ払って居酒屋で暴れたり、内緒でけっこうな額の借金を作ったりする、いわゆる〝しょうがない人〟でもあった。他にも自転車を盗んで逮捕されかけたり、年末のボーナスを一人で使ってしまったり――まぁ、母でなくても愛想を尽かしたくなるだろう。もっとも陽気でヒョウキン者気質だったので、幼い頃の私は大好きだったのだけれど。

確か、その時も父のことを思い出していたと思う——一九七四年、元号で言えば昭和四十九年が明けて、数週間が過ぎた頃だ。

その日は朝から雨が降っていて、夕方が近づいてきても止む気配はなく、分厚そうな銀灰色の雲が空一面を覆っていた。もう少し気温が下がっていれば、雪になっていたに違いない。

私は赤い傘を差して、一人で駅前商店街に続く道を歩いていた。何か用があって向かっていたのではなく、他に行くところがなかったから仕方なく……である。どうにも心がふさいで、大型スーパーの物の溢れた賑やかさや、三十分くらいなら立ち読みできる本屋さんの棚が恋しかったのかもしれない。

(全部、お父さんがいけないんだ)

手袋を忘れて悴《かじか》む手を、ときどき自分の頬に押し当てながら私は思った——そう、両親が離婚なんかせずにいれば、私は普通の家の、普通の子供だったはずだ。友だちの多くはもっと呑気《のんき》に生きてるだろうに、どうして自分だけが、こんな目にあわなくてはならないのだろう。

憂鬱のそもそもの原因は、いきなり私と母の生活に乱入してきた一人の男性だった。

「弘美……この方は、母さんと同じ病院で働いている中田さんよ」

その人がいきなり家にやって来たのは、数週間前のクリスマス・イブだ。約束したカセットテープレコーダーのプレゼントとケーキを待っていた私は、そのマッチ棒のように痩せた男性の出現に、大いに驚かされた。

「弘美ちゃん、初めまして……中田といいます」

どこか無理やりな笑顔を浮かべて、中田さんは小学生の私に頭を下げた。母より五歳くらい年上で黒縁のメガネをかけ、そのレンズの向こうの目は糸のように細かった。かっちりと七三に分けた髪型は、その頃でも、すでに古臭い印象だ。

「せっかくのクリスマスでしょう？　中田さん、ご予定がないそうだから、どうせならご一緒にって、お誘いしたのよ」

いつになく気取った口調の母の言葉を、私は理解できなかった。今まで親子二人で楽しくやってきたクリスマス・イブの夜に、どうして見ず知らずの他人を入れなければならないのだろう。

私がもう少し幼かったら、そんなのはイヤだと膨《ふく》れっ面《つら》の一つもできたかもしれない。けれど、なまじ人の顔色を読むのに長《た》けていた私は、何も言い返せなかったばかりか、中田さんと並んでケーキを食べる破目になった。

中田さんは無口な人で、母だけがはしゃいでいた。私は二人の関係がどういうものか考えるのに忙しく、ケーキの味がわからなかった。

「実は……母さん、中田さんとお付き合いしてるのよ」

翌日の朝、仕事に出かける前の慌しい時間に、母はさらりと言った。

「中田さんは薬剤師さんでね……弘美のお父さんになってもいいって、言ってくれてるの」

今から思えば、母も不器用な人である。前もって匂わすくらいのことをしてくれていれば、私もあんなに動揺しなくても済んだのに。

改めて思い起こすまでもなく、父と別れてからの母は苦労の連続だった。

小学校に入ったばかりの私を抱えて仕事と家事を両立させ、時にはＰＴＡの役員までこなし、年度末には仕事を持ち帰ってきて、遅くまで帳簿と格闘していた。無理がたたって倒れ、三日ほど入院したこともあるほどだ。

そんな一生懸命な母の姿を知っているから、それなりのタイミングを見計らってくれれば、私もあんな拒絶反応を示さなかったかもしれない。けれど母のやり方は、あまりに直球過ぎた（仕方ない、それが母の性格なのだから）。いきなり知らない男の人を連れてきて「この人が新しいお父さんになるかも……」では、十一歳の女の子が、いい顔などできようはずもないだろう。

私は母と二人きりの暮らしが好きだったし、父とも半年に一度くらい会っていたので、中田さんの出現は到底歓迎できるものではなかった。やはり娘としては、心のどこかで両親が元の鞘《さや》に収まってくれることを期待していたのだ。その頃は父も再婚していなかったから、多少なりとも身を慎んでくれれば、それも不可能ではない……と思っていた。だから中田さんのような人が現われては、都合が悪いのだ。

けれど中田さんは大晦日にも私の家にやって来て、一緒に紅白歌合戦を見た。そればかりか年越しまでして、別室とはいえ泊まりさえした。予想以上のお年玉をくれたのはうれしかったが（私が生まれて初めて手にした五千円札だ）、何だか無理やり家族の一人になろうとしているように感じられて、拒絶反応は強くなるばかりだった。

もっとも、それは中田さんが好んでしたことではなく、母が強く望んだのだというのはわかっている。

母は何ごとにおいても、自分のやりたいことを優先させてしまう性格だった。口では周囲に気を使っているようなことも言うが、どさくさに紛れて、ちゃっかり自分の希望を通してしまうのだ。本人に自覚はないようだが、娘の私には昔から丸見えだった。

おそらく母は、本当に中田さんが好きだったのだろう。あんなに無口で無愛想な人のどこがいいのか、私にはサッパリわからなかったが（残念ながら顔やスタイルも、父とは月とスッポンくらい違う）、母は一日でも早く、中田さんと一つ屋根の下で暮らしたかったに違いない。だから娘の私が不機嫌に眉をひそめているのも見えなくなって、少しばかり性急に事を進めたのだ。

けれど母の浮かれぶりが目に付くほど、私は中田さんが嫌いになっていった。初めて顔を合わせて一ヶ月も経っていなかったのに、二度と家に来ないで欲しい……と願うようにさえなって、母との仲がうまくいかなくなればいいとも思った。

そう思ってしまうのは仕方ない——とかく自分の世界を乱す存在を子供は拒絶するものであるし、何より私の気持ちを十分に考えてくれない母に、失望を感じていたからだ。

（あぁ、自分は一人ぼっちだ）

駅前商店街に向かう道を歩きながら、私は繰り返し考えていた。雨はなおも降り続き、心なしか風も強くなったようだった。

やがて私は駅近くの公団にたどり着いた。

同じような形の団地が十棟ばかり集まった区画である。同じクラスの友だちがその一つに住んでいたのを思い出し、訪ねてみようかとも思ったが、実行はしなかった。何となく人と話をするのが疎ましかったからだ。

その代わりと言うわけではないが、私はその公団のはずれにある児童公園で、少し休むことにした。そこには夏に小さな子供が水遊びをするプールがあり、すぐ近くには屋根のついた十畳くらいのスペースがあって、木製のベンチがいくつか並べられていたのだ。

公園の中は静まり返っていた。滑る部分が左右に二つある滑り台や、ペンキを塗り替えたばかりらしいブランコは雨の滴にまみれ、まるで凍っているように見えた。砂場の砂も濡れて寒い灰色になり、誰かが忘れて行ったらしいプラスチックシャベルのへこみには、雨水がたまっていた。

私は屋根の下に入り、傘を閉じてベンチに腰を降ろした。初めはヒヤリとしたが、木製の良さと言うべきか、やがてほんのりとした温もりを感じるようになって、私はようやく肩の力を抜くことができた。

雨に濡れる公園を見ながら、私は自分が孤独であると思った――こんなふうに父も母も、私を置いてきぼりにして遠くに行ってしまうんだ。私のことよりも、自分の方が大事なんだ……と、まるで自身をいじめるみたいに、私は何度も考えていた。

いっそ注射を前にした小さな子供のように、イヤだイヤだと号泣できれば幸せだったろうが、私は昔から泣かない子供であったから救われなかった。泣けば母を困らせることを幼い頃から知っていたので、いつのまにか何でも歯を食いしばって我慢する癖がついてしまっていたのだ。

その時も私は涙一つ流さず、けれど肩の寒さに震えながら、ベンチで孤独を舐めていた。何だか誰にも顧みられない雨の公園の遊具たちだけが、自分の仲間のように思えた。

(このまま……どっかに行っちゃえればいいな)

そう思いながら目を閉じると、今まで以上に雨の音が聞こえてきた。土の地面に降りしきる音、すぐ近くの植え込みの葉に当たる音、何かの金属に当たる音――少しタイミングがずれている大きめの音は、どこかに溜まったものが集まって落ちているのだろうか。

静かだと思い込んでいた公園の中は、実際は様々な音に満ちていた。それはすべて、空から降り下りてくる雨つぶが作り出しているのだ。

その音を、私は面白く思った。孤独感にふさいでいた心が少し軽くなるような気がして、なおも耳を澄ますと――時間が経つにつれて、聞こえてくる音が増えていった。コンクリートに当たる音、樹脂製の動物を濡らす音、木の根元の枯葉に降り注ぐ音……。

（コンナ雨ナノニ、オ使イナンカ、イヤダナァ）

突然、雨の音に混じって、そんな小さな声が聞こえたような気がして、私は思わず目を開けた。何となく聞き覚えのある、女の子の声のようだったが。

ゆっくりと周囲を見回してみたが、公園の中に人影はなかった。柵の向こうの道にも、誰も歩いていない。

（今みたいのが、空耳っていうのかな）

幽霊の声を聞いたようで少し怖い気がしたが、私は深く考えないようにした。けれど、再び目を閉じて雨音に心を傾けると――。

（オ母サンガ自分デ行ケバイイノニ……私、宿題シテルンダカラサ）

さっきよりも、はっきりとした声が聞こえた。私は思わずベンチから立ち上がり、再び周囲を見回した。柵の向こうにある道の角から一人の女の子が曲がってきたのは、ちょうどその時だ。

「あれっ、弘美ちゃん？」

女の子は、私の姿を見つけて驚いたように声をあげた。同じクラスの芳江という友だちだった。

「どうしたの、こんなところで」

「ちょっとね……よっちゃんは？」

「スーパーまで買い物。宿題してたのに、お母さんに頼まれちゃってさ」

そう言いながら彼女は、大きく膨らんだ紙袋を柵越しに示した。私はさっき聞こえた声が、確かに彼女の声だったことに思い当たった。

「今、ひとりごと言ってなかった？」

「私が？　やだな、言うわけがないでしょ」

芳江は憮然とした顔で答えると、じゃあね、と言い残して去っていく。

（おかしいな……今のは絶対に、よっちゃんの声だったような気がしたけど）

再びベンチに腰を降ろして考えてみたけれど、本人が違うと言っているのだから、きっと芳江の声ではなかったのだろう。じゃあ、誰の声だったのか。

いくら考えてもわからなかったが、そのうちどうでも良くなって、私は再び目を閉じて雨音に耳を澄ました。

すると、またしばらくして――。

(アァ、コノママジャ間ニ合ワナイ……マタ怒ラレチャウ)

若い女性の、そんな声が聞こえた。ハッと目を開けると、公園の入り口に赤いコートを着た女の人の姿が見えた。ちらちらと腕時計に目をやりながら、急ぎ足でこちらに向かって歩いてくる。きっと何か急ぎの用があって、公園を突っ切って近道をしようというのだろう。

(何ダカ、ヘンナ子ガイルワネ。何ヤッテルンダロウ)

私の前を通り過ぎる時、女の人は花柄の傘の下からチラリとこちらを見て言ったが

――その唇はまったく動いていなかった。

2

その時は私も、見間違いか聞き違いかのどちらかだろう……と思った。

女の人はしゃべっていないのに、声が聞こえるはずがない。きっといろいろ思いつめていたものだから、頭が疲れて変なものを聞いてしまったに違いない。

そう考えることで折り合いをつけたのだが——その不思議な空耳を、私はその後も体験することになった。

やはり数日後の雨の日、誰もいない公団の部屋に一人でいる時、何の気なしにベランダに出て雨の様子を見ていると、やがてどこからか、奇妙な声が聞こえてきたのだ。

(ドウシテ、ミンナ、私ニ意地悪バカリスルノ?)

(モウ、アノ人ニハ会エナインダナ)

(アノ子、コンナ雨ノ日ニドコ行ッタノカシラ……)

私の住んでいた部屋は三階だったが、けして大きいとは言えない声が、あちこちから響いてきて、さすがに慄《おのの》いた。絶対に、自分の頭がどうかなってしまったと思ったのだ。

私は仕事から帰ってきた母に、そのことを報告した。やはり変わったことがあれば、頼るべきは親である。

「弘美、そういう変な冗談はやめなさい」

私の言い方が良くなかったのだろうか、母はまったく信じようとしなかった。何度も本当だと繰り返すと母は眉尻を上げ、私の手を引いてベランダに出ると、強い口調で尋ねた。

「じゃあ、今も聞こえるの?」

その時も雨は降っていたが、奇妙な声は聞こえなかった。素直にそう答えると、母は

「ほら見なさい」とでも言いたげな顔になり、その場で的外れな質問を返してくる。

「弘美……こんな回りくどいことをしないで、はっきり言いなさい。中田さんのことで、何か言いたいことがあるんでしょ？」

その頃の母の頭は、きっと中田さんのことで大きく占められていたに違いない。だから私が自分の関心を引くために、突拍子もないことを言いだした……くらいにしか思ってくれなかったようだ。

まったく違う話にすり替えられて、私は言葉を失わざるを得なかった。きっと以前の母なら、こんな奇妙な受け取り方はしなかったはずなのに——それだけ中田さんを大切に思っていたのだろう。少なくとも……娘の私よりも。

「ごめん、気のせいだったみたい」

母の心がわかって、私は口を閉じた。

それ以来、私は母に奇妙な声の話をしないようにした。いや、声の話ばかりでなく、学校での出来事やテレビで見た他愛ない話さえ、滅多にしなくなった。母と話をすることそのものが、ひどく億劫に感じられるようになったからだ。

言ってみれば私は、母に対して開けっぴろげだった心の一部に鍵を掛けたのだ——けれど、それは私のせいばかりでないことだけはわかって欲しい。知ってか知らずか、母は私の心を突き放したのだから、こちらとしては二度と同じ思いをしないためにも、そうするしかないではないか。

それからも奇妙な声は聞こえ続けた。私は自分がおかしくなったのだとばかり思っていたが、やがて、ある法則性があることに気づいた。

その声は、雨の日にだけ聞こえるのである。

晴れた日や曇った日には、いくら耳を澄ませても、そこに響いているもの以外の音など何も聞こえてはこない。ただ雨が降った時だけ、その水の粒が間断なく滴る音に心を傾けると、奇妙な声が聞こえてくるのだ。

(これって、もしかしたら……テレパシーの一種なんじゃないかしら)

そんな考えに思い当たったのは、その年の三月に、テレビで外国のある超能力者が大々的に取り上げられてからだ。

多くの人がその名を記憶していると思うが、彼は念力で壊れた時計を動かしたり、金属製のスプーンを曲げてしまうことができるらしく、実際にカメラの前でそれを披露した。また、視聴者にも壊れた時計やスプーンを用意して待つようにいい、テレビの中から(正確にはカナダからだが)それを直したり、曲げてみせると呼びかけた。そして番組の放送中、実際に時計が直ったとかスプーンが曲がったという電話がテレビ局に殺到したのだ。

実際には、何も起こらなかったというクレームも殺到したらしいが、そのテレビ放送をきっかけに雑誌などでも大々的に取り上げられるようになり、超能力が大ブームになった。他にも前後して『ノストラダムスの大予言』や映画『エクソシスト』、心霊マンガで紹介された〝こっくりさん〟が流行って、この頃はいわゆるオカルトがもてはやされた時代だった。十一歳の少女だった私が、その大きな流れに感化されないはずはない。私は超能力に関する本を読み漁り、その不思議な力には、触れることなく物を動かす念力、見えないものを見通す透視、そして心で会話できるテレパシーなどの種類があることを知ったのだが——自分が雨の日に聞く声は、そのテレパシーの一種なのではないかと思い至ったのだ。

その時に読んだ本では、テレパシーの仕組みをラジオになぞらえていた。つまり普通の家庭にあるようなラジオでは、日本国内の限られた放送しか受信できないが、専門家（いったい何の専門家なのだろう）の使う高性能なラジオなら、地球の裏側の放送局のものも受信できる。テレパシー能力もこれと同じようなもので、普通の人では察知できない思念波をキャッチできる高性能ラジオを、特別に持っているようなものなのだという。しかもスポーツやお稽古事と同じように、練習して強くすることができるらしい。

それから私は雨が降るたびに、こっそりとその実験をするようになった。公園で初めて友だちの声を聞いた時と、要領はまったく同じである。

目をつぶって雨の音に耳を傾けていると、やがて感覚が澄んできて、地面に降り落ちる小さな音まで聞こえてくる。さらに続けていると、様々なものに雨が当たる音の違いが聞き分けられるようになって、不思議な声はそのあたりで聞こえてくるのだ。面白いのは力を入れて意識を集中するより、むしろ何も考えずにボーッとしていた方が聞こえやすい……ということだ。

そんな力が自分にあると知って、私は有頂天になった。

普通の人にない力があるということは、それだけで気分のいいものだ。自分が人より何歩も先を歩いているような気がして、まるで何かに選ばれたような誇らしい気分になる。

けれど、その力のことは、親しい友だちにも話さなかった。

話せば、必ず「やってみて」ということになるのは明らかだ。しかし、スプーン曲げなどとは違って私にしか聞こえないのだから、どうせ疑われるに決まっている。おまけに聞こえるのは雨の日だけと来れば、素直に信じてくれる人が何人いるものだろう。

さらに言えば、聞こえてくる声は、なぜか寂しいものばかりだったから……ということもある。もしかすると私の〝高性能ラジオ〟は、そういう周波数しかキャッチできなかったのかもしれないが——雨の音に混じって聞こえてくるのは、どれもが悲しんでいるか、寂しがっているか、不安がっているか、さもなければ嘆いているものばかりだったのだ。

（ドウシテ俺ガ、コンナ目ニ遭ワナクッチャナンナインダヨ）

（モウ、死ンデシマイタイ……）

（絶対、不合格ダロウナ）

（キット私ノコトガ、キライニナッチャッタンダワ）

雨の音に耳を澄ませなければならない以上、静かな場所でやる必要があったので、私はよく公園などで実験をした。そのために聞こえてくる声の主を特定することもできず、ただ雨の音に混じって聞こえてくる寂しい声を、それこそラジオのように聞いているしかなかった。

一度、もしやと思って、声に応えてみようと試みたことがあったが、いくら呼びかけてみても（と言っても、頭の中で考えただけだ）、反応らしいものは返ってこなかった。おそらく、その人は普通のラジオしか持っていないから、こちらの声は受信できないのだろう。

今から思えば、何の役にも立たない超能力だったと思う。

多少なりとも益があったとすれば、世の中には、自分と同じように寂しがっている人がたくさんいるものだ……ということが理解できたことだった。

この世界の人間は、それこそ大人も子供もなく――あるいは大人であり子供であるからこそ、それぞれの寂しさを心に飼っているのだということを、その声は私に教えた。だから少しロマンチックに解釈すれば、落ち込んでいた私にそれを教えるために、誰かが（それが誰とは言わないが）一時期、そんな力をくれたのかもしれない。もしそうなのだとしたら、もったいないことだけれど、余計なお世話と言わざるを得ない。

利発な人なら、それを知るだけで強くもなれるのかもしれないが、あの頃の私には無理だった。人が重い荷物を持っているのだと知ったところで、自分の荷物が軽くなるわけでもなく――むしろ、そうまでして、どうして荷物を持ち続けなければならないのかと思ってしまったのだから。

「弘美、あんた……体の調子でも悪いの？」

やがて私は、それまでの少女らしい明るさを失って、母にそんな声をかけられるほど無口になった。確か六年生に進級したばかりの頃だ。

「別に」

私は不機嫌に一言だけ答えた。とにかく母と話すのが、イヤで仕方なくなっていた。

「もし中田さんのことで怒ってるなら……母さんも、少し急ぎすぎたかなって思ってるのよ。でも、あの人は本当にいい人で……」

「好きにすればいいじゃない」

母の釈明じみた言葉を、私は途中で遮《さえぎ》った。

「あの人が好きなら、結婚でも何でもすればいいでしょう？　私には関係ないわよ」

「関係ないって……あんた」

母は驚いたように目を見開き、後の言葉を失った。

「だって関係ないでしょ？　私にはちゃんとお父さんがいるんだから、別のお父さんなんかいらないし……でも、できたら、あと七年待ってくれない？　高校を卒業したら、こんな家、出て行くから」

「勝手にしなさい！」

今度は母が、怒声で私の言葉を遮った。

3

それ以来、私と母の間は険悪になった。

いや、母の方は何度か歩み寄ろうとしてくれたのだが、私の方が頑《かたく》なにそれを拒んだのだ。それまで助け合って生きていた反動が出たわけではあるまいが、私はことごとく母に逆らうようになり、二人しかいない家の中は、たちまち暗いムードになった。

レミちゃんに会ったのは、その最中である。

今となってはボンヤリとした記憶しかないが、桜が終わりかけていた時期なので、遅くても四月の半ば過ぎ頃ではないかと思う。

その日は朝から小雨が降っていたが、学校から帰る頃には止んでいて、遅まきながら春の太陽が顔を出していた。私は友だちと別れた後、一人で公団住宅まで帰ってきたが、大きなグラウンドの横まで来た時、いきなり小学一年生くらいの女の子に声をかけられた。オカッパ頭の、目の大きな可愛らしい子だ。

「ねぇねぇ、これ、面白いんだよ」

そう言いながら女の子が示したのは、一本の傘だった。大人の男性が使う真っ黒なコウモリ傘で、彼女は柄の方を私に向け、満面の笑みを湛《たた》えて差し出していた。口元から覗く前歯は、一本抜けている。

「えっ？　何なの、急に」

突然のことに私は面食らったが、女の子の人懐っこい笑顔に負けて、その傘を受け取った。ボタン一つで開くワンタッチ傘だった。

「横向けて、パッて、やってごらん」

つまり開けというのだろう。私はちょっとばかり怪しい気もしたが、女の子の言うとおり、傘を横に向けてボタンを押した。

黒い傘が開くと――その勢いで、中からたくさんの桜の花びらが弾けるように飛び出してきて、あたりにちらちらと舞い踊った。

「ねっ、面白いでしょ！　レミが発明したんだよ。『全自動花ふぶき機』っていうんだ」

女の子は口早に言うと、私の手をつかんでグラウンドの中へと引っ張った。

私が住んでいたのは五十以上もの棟が寄り集まったマンモス団地だったが、ところどころに公園やグラウンドが作ってあり、そこは中でも一番大きなグラウンドだった。学校の校庭二つ分くらいは軽くあり、まわりを取り囲むように桜が植えてあって、花の季節には住民以外の人間も集まってくる花見の名所である。その頃はすでに花は落ちていたが、それぞれの木の根元に、大量の花びらがカーペットのように降り積もっていた。

「こうやると、もっときれいなんだよ」

女の子はコウモリ傘を閉じ、その中に一つかみの桜の花びらを振り入れた。かと思うと、素早く頭上に差し上げてボタンを押す。傘は勢いよく開き、再び花びらが飛び散った。朝の雨で濡れていたのか、固まりになったのが女の子の顔や頭に張り付いてしまったのはご愛嬌だ。

「へぇ、きれいだね」

私は舞っている花びらを見ながら言った。

「お姉ちゃんも、やってみなよ」

「私の傘、ワンタッチじゃないんだけど、できるかな」

女の子に付き合うような気持ちで、私も自分の傘の中に少しの花びらを入れてみた。そして、できるだけ勢いよく手で開いてみたが——強力バネの瞬発力には敵《かな》わないのか、きれいに飛ばなかった。

「じゃあ、レミの『全自動花ふぶき機』、貸してあげるよ」

そう言って女の子は、男物のワンタッチ傘を貸してくれた。私はありがたく拝借し、中に花びらを多めに入れると、さっきの女の子のように素早く頭上に向けてボタンを押した。

バッ！　という鈍い音と共に傘は開き、桜の花びらがきれいに飛び散った。それを見て女の子は、手を叩きながら飛び跳ねる。

「お姉ちゃん、じょうず、じょうず！」

「これは……なるべく乾いた花びらを入れるのがコツだね」

私はすでに、その女の子がどうやら軽度の知的障害を持っているらしいことに気づいていた。改めて考えてみると、今までにも公園や道で何度か見かけた覚えがある。

私はしばらく女の子と、『全自動花ふぶき機』で遊んだ。他愛なくはあったが、何だか久しぶりに心を空っぽにできたような気がして、私は嬉しかった。

「私、小松レミって言うんだ。お姉ちゃんは？」

「木崎弘美よ」

「えっ、ギザギザロミ?」

レミと名乗った女の子は、耳にかかっていた髪をかき上げて聞き返してきた。その耳の後ろには、肌色の大きな補聴器がついている。

「いいよ、ロミで。何だかカッコイイし……でも、ギザギザの方はイヤだな」

実際、私はその少女マンガの主人公のような呼び名が、けっこう気に入ったのだった。レミとロミというのも、姉妹みたいでいい。ただし、ギザギザの方は勘弁して欲しい——その頃の私に、ピッタリ過ぎるから。

それ以来、私はよく公団の中でレミちゃんと顔を合わせるようになった。

彼女は私の姿を見かけると必ず走り寄ってきて、ロミ姉ちゃん……と言って甘えてきた。母と冷戦状態だった私は、家ではできなくなった親密な会話や、身をすり寄せるようなじゃれあいっこをしてレミちゃんと遊んだ。強がってはみても、やはり私も寂しかったのだろう。

「ロミ姉ちゃんって、優しいね」

ボサボサになった髪をブラシで梳《す》いてあげたり、転んで擦りむいた膝を洗ってあげたりした時など、レミちゃんはよく言ったが——そのたびに私は、胸のあたりがチクチクするのを感じたものだ。

(私は……優しくなんかないよ)

優しい子なら、どうして母が幸せになろうとするのを邪魔するだろう。どうして、いつまでもヒネクレたまま、母の顔をまともに見ようとしないのだろう。

私と母の間がうまくいかなくなってから、中田さんが家に来る回数が激減した。たまに来ることがあっても、私は自分の部屋に閉じこもったまま顔も出さず、挨拶一つしなかった。あくる日、ケーキのお土産なんかがおいてあったりすると、これ見よがしにゴミ箱に突っ込んだりした。今思えば、本当に心の貧しい少女だと我ながら思うけれど——あの頃の私は、きっと妙な勢いがついていて、引っ込みがつかなくなってしまったのだろう。そうでもしなければ、本当に母が私を忘れて、遠くに行ってしまうような気がしていたのだ。

けれど同時に、それがよくないことだとも十分に知っていた。

母は父のために、また私のために、さんざんに苦労している。だから好きな人と一緒に生きていくことぐらい、許してあげてもいいはずなのだ。自分が一言認めるだけで、母はそうすることができるのに——どうしても私は、首を縦に振ってあげることができなかった。

母をほかの人に取られるのがイヤだし、何より父との復縁の可能性がなくなってしまうのが辛かった。そもそも母は父に愛想を尽かしたのかもしれないが、私は尽かした覚えはないのだ。

確かに父は〝しょうがない人〟だったかもしれないが、私には優しくて楽しい父だった。母が私にとって唯一の母であるように、父もまた唯一の人だ。できれば何年かの回り道の後でもいいから、再び元の家族に戻りたかった。もし中田さんが母を連れて行ってしまったら、その夢は本当に夢になってしまう。だから私は、素直になれなかった。

その気持ちに、多少なりとも変化が生じたのは、やはり、あの奇妙な超能力のせいだ。おそらく六月の頃だったと思うが——その日は朝から雨が降っていた。さすがに梅雨と言うべきか、近くのマンションが見えなくなってしまうほどの強い降りが一日続いて、夜になっても弱まる様子がなかった。

母から仕事で遅くなるという電話を受けた私は、一人で夕食を済ませた後、ぼんやりとベランダで雨の音を聞いていた。時刻はすでに十時を回り、ヒネクレ者の私は、母は本当は仕事で遅くなっているのではなく、中田さんと会っているのだろう……と邪推していた。

やがて、そっと目を閉じて、雨音に耳を澄ました。

母とケンカしてから、私はその超能力を使わずにいた。聞こえてくるのは寂しい言葉ばかりだし、その一つ一つに耳を傾けていると気持ちが滅入ってくるので、それまで封印（と言うと、少し大げさだが）していたのだ。

久しぶりだったが、いつものように無数の雨つぶが作り出す音階を聞いていると、例の不思議な声が聞こえてきた。

(コノブンジャ、明日モ雨ダナ……遠足ハ中止カナァ)

(彼ハ今頃、ドウシテイルカシラ。キット私ノコトナンカ、モウ忘レタダロウナ)

(バカヤロウ! ドウシテ自殺ナンカシタンダ)

相変わらず、この世界は悲しみと嘆きに満ちていた。

実際は私の耳に届いている以上の悲しみが存在しているのだろうが、よくしたもので、それらが一度に頭に流れ込んでくるようなことはなかった。おそらく無数に存在するものの中でも、私と波長の合う声だけが聞こえるのだろう。もしかすると場所や距離なども関係しているのかもしれないが、それについて細かい研究をする気はなかった。

(仕方ナイ……モウ、アキラメヨウ)

五分ほどベランダに立っていると、不意に、母に似た声が耳に飛び込んできた。

私はあやうく目を開きそうになったが、ギリギリのところで堪《こら》えて心を乱さないようにした。目を開けて集中が途切れると初めからやり直さなければならず、その時に再び、その声が捉えられるかどうかはわからなかったからだ。

(アノ子ハキット、今モアノ人ノコトガ好キナンダ。アノ子ニトッテハ、オ父サンハ、アノ人シカイナインダカラ……他ニ女ノ人ガデキテ出テ行ッタナンテ、トテモ言エナイ)

（私モ馬鹿ダネ……母親ナノニ、ヘンナ夢ヲ見チャッテ。デモ、弘美ガ前ミタイナ明ルイ子ニ戻ッテクレタラ、ソレガ何ヨリナンダカラ）

はっきりと自分の名前が聞こえた数秒後、堪えきれずに私は目を開けてしまった。

（今の……お母さん？）

間違いない——確かに、弘美と言っていた。けれど、そんな名前の人は、この世にいっぱいいるのではないだろうか？

そう思った瞬間、玄関の扉が開いて、実際の母の声がした。

「ただいま」

慌てて家の中に入ると、玄関先で母が服を拭いていた。

「ホントによく降るわねぇ……そこの川、溢れちゃうんじゃないの」

「おかえり」

私はそれだけ言って、自分の部屋に戻った。

4

やがて七月初め——台風8号の影響で、日本中で大きな被害が出た。

鎌倉では土砂崩れが起こって丸太小屋を押しつぶしたり、能登や東海地方では集中豪雨になって浸水した。静岡ではやはり土砂崩れに八棟の家が飲み込まれ、最終的に全国で百四十六人もの死者・行方不明者を出す惨状である。

私が最後に超能力を使ったのは、その台風が関東に上陸していた最中のことである。

数日前から激しい雨が降っていたが、その日はそれまで以上に激しい降り方をしていた。まさしく滝のような……と評するのがふさわしく、風も激しく吹き荒れていた。

そんな悪天候の中、中田さんはわざわざタクシーに乗って家にやって来た。なぜかと言うと、その日――七月六日は、私の十二歳の誕生日だったからである。

「弘美ちゃん、おめでとう」

「どうも……ありがとうございます」

その頃、私の態度は、ごくわずかだが軟化していた。もちろん例の母のものらしい声を聞いたからだが、だからと言って母と中田さんの関係を認めたわけではなかった。小学六年生の女の子が、そんなに簡単に切り替えられるはずがないのだ。

けれど問題は、すでに私が認めるとか認めないとかの話ではなくなっていた。その日、実は中田さんは、私に別れを告げに来たのである。

「お母さんと話し合って、お互い少し離れていた方がいい……ということになってね。弘美ちゃんにはイヤな思いをさせてしまって、本当にすまなかったと思ってるよ」

元々無口な中田さんは子供の私相手に、ゆっくりと言葉を選んで言った。

「お母さんは君が大きくなるまで、ちゃんと君の面倒を見たいらしいんだ。僕も、その方がいいと思う。何より君のことが一番大切だからね」

中田さんの静かな声を聞きながら、私は胸が張り裂けそうだった。

子供なんて勝手なものだ――誰より母に自分を見ていてもらいたいと思いながら、自分のために犠牲になられても困る……などとも考えてしまうのだから。

私はどうしていいかわからなくなって、いっそ声をあげて泣きたいと思ったけれど、泣けない子供の性癖は急には抜けてくれなかった。「そうなんですか」と冷静な声で返す以外には何も言えず、中田さんと目を合わせることさえしなかった。

「やっぱり僕なんかじゃあ、弘美ちゃんのお父さんにはなれないな。君のお父さんになれたらいいって、ずっと思っていたんだけれど」

最後と思えばこそか、その日の中田さんは、いつもより、ずっとおしゃべりだった。それでも、やっと普通の男性並なのだろうが。

私は欲しかった『フィンガー5』のLPレコードをプレゼントにもらい、当時は滅多に口にできなかった生クリームのバースデーケーキを食べた。その後、お風呂に入って早々に寝室の布団に横たわった。

隣の部屋で母と静かな会話を少しした後、中田さんは台風の中を帰ろうとした。私は闇の中で二人の話を聞いていたが、この台風の中を帰るなんて大変だろう……と思った。

やはり母もそう思ったらしく、中田さんに泊まって行くように強く勧めた。

「じゃあ、明日、弘美ちゃんが目を覚ます前に、引き上げるようにするよ」

最後まで中田さんは、私に気を使っているようだった。やがて襖が半分だけ開き、母は押入れから客用の布団を出して居間に敷き、自分はいつものように私の横に敷いた布団に寝た。

時間は、おそらく十二時近くになっていただろうか――隣の母が静かに寝息を立て始めても（母は勤め先が遠いので、いつも夜は早いのだ）、私は眠れなかった。母の幸せを邪魔してしまったことが辛くて、どうしても目が冴えてしまうのだ。

私は目だけは無理に閉じて、少しでも早く眠りの中に逃げこもうとした。その時、外で荒れ狂っている雨の音に耳を澄ましていたのだが――知らず知らずのうちに、あの不思議な声を聞く儀式をやってしまっていたのだ。

（イタイヨォ！　パパ、ゴメンナサイ、ゴメンナサイ！）

突然、悲鳴じみた声が聞こえてきた。私は目を開けるところだったが、やはりすんでのところで踏みとどまる。

（イタイ……イタイヨォ、モウヤメテ）

（レミ、イイ子ニナルカラ……絶対ニ、イイ子ニナルカラ）

（ロミ姉チャン、タスケテ）

（ロミ姉チャン！）

私は目を見開き、思わず飛び起きた。

（今の声……レミちゃん？）

間違いない──自分でレミと言っていたし、何より、はっきりと「ロミ姉ちゃん」と呼んでいた。そんな呼び名の子が、当たり前にいるものだろうか？

（レミちゃんに、何かあったんだ！）

私は思わず立ち上がったが、その後にどうしていいか、まったくわからなかった。

「どうしたのよ、弘美」

隣で寝ていた母が、眠そうな声で尋ねてくる。

「今、レミちゃんの声がしたの！　助けてって」

「あんた、まだ、そんなこと言ってるの？」

迷惑そうな声の母に構わず、私は部屋の明かりをつけた。居間で寝ていた中田さんが、何ごとかと細く襖を開ける。

「どうしたんだい、弘美ちゃん」

「前に話したでしょ？　変な声が聞こえるとか何とか……また言いだしたのよ」

どうやら母と中田さんの間では、以前に衝突した時のことが、すでに話題になっていたらしい。

「本当なのよ、お母さん！　今、レミちゃんの声が聞こえたんだってば」

「レミちゃんって、27号棟の小松さんのところの？　あの……補聴器つけてる」

母がレミちゃんを知っていたのは幸いだったが――名前を出したとたん、顔色が変わったのを私は見逃さなかった。

「お母さん、何か知ってるの？」

「あの家のお父さん……あの子を殴るらしいのよ」

汚らわしい言葉を口にするように、母は消え入りそうな声で答えた。

「あの子が小さい頃から、何かにつけて殴ったり蹴ったりするの。あの子の耳が悪いのも、そのせいなのよ……近所の人たちが何度も注意したんだけど、躾《しつけ》だからの一点張りでね」

私はレミちゃんの前歯が一本なかったことを思い出した。もしかすると、あれもお父さんに？

「弘美、あの子、何歳だと思う？」

「えっ？　六歳か七歳じゃないの？」

体の大きさから考えて、そのくらいとしか思えないが。

「本当は、九歳なんだよ。ストレスのせいで、発育が悪いらしいの」

あまりのことに私が言葉を失った時、襖が勢いよく開いた。いつのまにか、すっかり着替え終わった中田さんが立っている。

「その子の家は、どこなんだい？　僕が行ってくる」

私と母は、思わず顔を見合わせた。

「そんな……弘美は、ただ寝ぼけただけよ」

「僕は弘美ちゃんを信じるよ。本当かどうか、行ってみればわかることさ」

その言葉を聞いた瞬間、私は心臓をギュッと握られたような気がした。母でさえ信じてくれなかったことを、この人は信じてくれるというのだろうか。

「私が案内するよ！」

何だか瞼《まぶた》が熱くなるのを感じながら、私は自分の部屋に駆け込んで、慌てて服を着替えた。

「こんな嵐の中を行かなくっても……本当に、何かの間違いだから」

「間違いだったら、笑い話にすればいいだけだよ」

なおも引きとめようとする母に中田さんは笑って言い、私と一緒に激しい嵐の中に飛び出した。傘は差していたものの、一分もしないうちに使えなくなる。

「こんな話、どうして信じてくれるんですか……お母さんだって、全然信じてくれないのに」

激しい風雨を直《じか》に顔に受けながら、私は叫ぶように中田さんに尋ねた。

「僕も、曲がったんだよ」

やはり叫ぶように、中田さんは答える。

「ユリ・ゲラーのテレビ……スプーン、曲がったんだ。だから、あるね……超能力は」

そう言って糸のように細い目を、さらに細くした。

やがてレミちゃんの住む号棟に着き、部屋のある五階まで駆け上がると、頭にカーラーを巻いたおばさんが、不安げな顔をして踊り場に立っていた。

「どうしたんですか」

頭から水を滴《したた》らせた中田さんが尋ねると、おばさんは助けを求めるような声で言った。

「私、下の部屋のものなんですけど……さっきから小松さんの部屋から、ずっとレミちゃんの泣く声が聞こえるんですよ。どうも、お父さんが殴ってるみたいで」

私と中田さんは顔を見合わせた。どうやら初めて——あの奇妙な力が役に立ったらしい。

「じゃあ、どうして止めないんですか」

「いえ、前も言ったんですけどね……躾だから口出しするなって、すごい剣幕で怒鳴られちゃったんです。だから、どうしていいかわからなくって……お父さん、乱暴な人なんですよ」

私の言葉に、おばさんはオロオロして答えた。

「お母さんは？」

「奥さんはお勤めで、夜はレミちゃんとお父さんの二人っきりなんです。あぁ、レミちゃんの声が聞こえなくなった……さっきは、あんなに泣いてたのに」

その言葉を聞いた中田さんは階段を駆け上がり、鉄製のドアを叩こうとした。私はとっさに、その腕をつかんで尋ねる。

「大丈夫なの、中田さん？」

残念ながら初めに言ったように、中田さんの体はマッチ棒のように細い。乱暴だというレミちゃんのお父さんに、とても太刀打ちできるとは思えない。ここは警察を呼んだ方がいいのではないだろうか？

「弘美ちゃん……正しいと思ったことをする時は、変にためらっちゃダメだよ。人の命に関わるような時は、なおさらね」

そう言って中田さんは、レミちゃんの部屋の扉をどんどんと叩いた。どこか必死なその姿を見た時、母がこの人を好きになったわけが、何となくわかったような気がした。

やはり思ったとおり、レミちゃんはお父さんから虐待を受けて、意識を失っていた。

下の階のおばさんに救急車を呼んでもらい、急いで病院に運んだのだが、そうすることができたのは、レミちゃんのお父さんが扉を叩かれるのに腹を立てて鍵を開けた時、中田さんが有無を言わせず部屋の中に入り込んだからだった。躾だのプライバシーだのと、無駄な議論をしている場合じゃない……と考えたのだろう。

後に知ったことでは、レミちゃんは左鎖骨と頭蓋骨を骨折するほどの重傷だった。一週間ほどして病院にお見舞いに行った時はベッドの上で元気そうにしていたが、結局、団地には戻ってこなかった。と、言っても変な意味ではなく、退院後そのまま、施設のようなところに引き取られて行ったのだ。

レミちゃんのお父さんは警察に連れて行かれたが、その後はどうなったのか、私にはわからない。かなり経ってから母に聞いたことによると傷害で逮捕され、何年かの懲役刑を受けたらしかったが、やはり団地には戻ってこなかった。部屋には、夜の仕事をしていたレミちゃんのお母さんだけが残ったそうだが、その人もいつのまにか、いなくなったという。

話は前後するが——。

私の誕生日の翌朝、中田さんと母は少し弱くなった雨の中を、連れ立って仕事に向かった。家を出る時、中田さんは私に握手を求め、「また、いつか会おうね」と言った。私は黙って、その手を握り返しただけだった。

やがて三階から下の入り口まで二人が降りて行くのを、私は部屋の窓から眺めた。そしてコンクリートの軒先で、二人がそれぞれのワンタッチ傘を開いた時、細かく刻んだ色紙の花吹雪が、パァッと美しく広がるのを、しっかりと確かめたのだ。

二人は初め目を白黒させていたが、やがて気づいて、揃って部屋の窓を見あげた。

「やったわね、弘美」

なぜか泣きそうな顔で笑っている母に、私は力いっぱい手を振った。

例の奇妙な超能力は、まるで十二歳になったら消えることが約束されていたように、それ以来なくなってしまった。あるいは私もそれなりに忙しくなり、一人で雨の音に耳を澄ませるような時間がなくなって、知らないうちに失われてしまったのかもしれない。それはそれで、よかったと感じているが——きっと今でも、寂しい声は世界に満ちているのだろうと思う。

最後に付け足しておくと、私は中学卒業と同時に中田姓になった。両親は二人とも健在で、今も睦《むつ》まじく暮らしている。

カンカン軒怪異譚

1

その店の暖簾《のれん》を初めてくぐったのは、かれこれ二十年ほど昔——俺がまだ二十代前半の頃だ。

場所は東京荒川、日暮里駅東口から徒歩十分の距離で、今はなき駄菓子屋横丁の脇をすり抜け、尾久橋通りに出る手前あたりである。住所で言えば西日暮里になるそうだが、そういう細かいことは重要ではない。

どうしてその店に入る気になったのかは覚えていないが（もっとも人がラーメン屋に足を踏み入れる理由は、たいていは腹が減ったからに過ぎない）、その日は珍しく東京に大雪が降っていたことだけは、しっかり記憶している。だいたい二月の終わりか、三月初め頃だろう。

駅を挟んで反対側の谷中銀座近くに住んでいた俺は、その日、黒いコウモリ傘を差して、降りしきる雪の中をさまよっていた。実は前日に少しヘコむようなことがあり、ボロアパートの部屋で身を縮めていると鬱な気持ちが倍加してしまいそうな気がして、それならばいっそ……と外に飛び出したのだ。

西口陸橋の上から雪の中を走り抜ける山手線や常磐線を眺めた後、俺は階段を降りて東口に出た。今は再開発されてスッキリしてしまったが、当時の日暮里駅前北側は小さな店がひしめき合っている繁華街で、目的なく歩くには打ってつけの場所だった。望月三起也の『ワイルド7』を全巻揃えている喫茶店なんかもあって、その二年ほど前に引っ越してきてから東口界隈で時間を潰したことが、それまでにも何度かあった。

おそらく二時を回った頃合いだったと思うが——俺は人通りの少ない細い路地の途中にある、一軒の古びた中華料理屋の前で足を止めた。物思いに沈むあまり、朝から何も食べていなかったことを思い出したからだ。

中華料理屋と言っても、いわゆる本格中華の店でないのは見ればわかる。入り口の前に立てかけてある看板には、ラーメン、チャーハン、チャーシューメン、カレーライス……というお馴染みのメニューが並んでいて、単純にラーメン屋とか大衆食堂と呼んだ方がシックリ来る店だ。表示されている値段はリーズナブル——いや、むしろ激安と言ってもよかったが、それまで俺は、その店に入ったことはなかった。前を通ったことは何度もあるのに、なぜか食べて行こうという気にならなかったのである。

今から考えてみれば、そんな些細なことも不思議に感じられる。

確かにサッシの引き違い戸のガラスが油で黄色く曇っていたり、赤い暖簾に得体の知れない染みが無数についていたり（まさか出てくる客が全員、そこで口を拭っているわけではないだろうが）、確かにきれいとは言い難い店構えをしていたけれど、そんなことをいちいち問題にしていては下町では生活できない。特に俺のような、けして豊かとは言えない生活をしていた若造は、多少見た目が悪くても値段の折り合いがつけば、どんな店でも一度は試してみるはずなのだが——まるでそれまで見えていなかったように、俺はその店をまったく気に止めていなかったのだ。

けれど、その日は初めからそこが目的地であったかのように、ごく当たり前に扉を開いた。ゴマ油と酢を混ぜ合わせたような匂いをはらんだ風が流れ出てきて、あぁ、暖かい……と思った瞬間、すぐ目の前で五十センチ近い炎の柱がゴオッと音を立てて吹き上がり、俺は思わずたじろぐ。

「いらっさぁい！」

その炎の向こうで頭に白い三角巾を巻いた人が、狛犬のように顔をしかめて叫んだ。入ってすぐのところに逆L字型のカウンターがあり、その向こうに設置されたガス台で、その人が巨大な片手中華鍋を振るっていたのだ。炎の柱は、その鍋から吹き上がっている。

「一人？　好きなトコ、座っててぇ」

顔をしかめたまま、三角巾の人は言った。

正直に言うと声を聞くまで、俺はその人が女性であることに気がつかなかった。と言うのも、ガッシリとした骨格に豊富な脂肪がついていて、体のラインがよくわからなかった（ある程度以上に太ると、男も女も似たような体型になるものだ）のと、その人の顔が……やたら野性味に溢れていて、どちらかと言うと男っぽかったからである。

頭蓋骨からして大きい赤ら顔に、ギョロッとした大きな目、茄子のような鼻、それぞれ斜め四十五度に吊り上がった太い眉――言ってみれば当時、大関昇進間近だった小錦をギュッと圧縮して、より戦闘的なイメージを強くしたような雰囲気なのだ。推定年齢は、だいたい四十代後半……というところか。

（この人、女の人なのか）

そう思いながら一番近くの椅子に腰掛けると、彼女は中華鍋を振る手を休めずに言った。

「何で、ソコ座る？　アンタ、頭が大バカか？」

何とも奇妙なアクセントの日本語だったのは別として――その言葉を聞いて、俺は思わず目を丸くした。好きなところに座れと言うから座ったのに、いきなり大バカ呼ばわりかよ。

「ソコは戸の近く。外は雪。お客さん、出たり入ったりするたんびに、風ピュウピュウよ。わざわざ座るコトない」

「あぁ、それもそうですね」

何だか変な店に入っちまったぞ……と思いながら、俺は店の奥に進んだ。基本的に店側の人間が威張っているような店は、どんなに味が良くても俺は認める気にならない。

そこは八人ほどが座れるカウンターと二つのテーブル席がある、狭くて細長い店だった。少し工夫すれば、あと一卓くらいテーブルが置ける隙間が作れそうだが、奥の壁に何やら仏壇らしきものが飾ってあって、そうもいかないらしい。俺は三人ほどいた先客と適当に隙間を開けるために、その仏壇風のものの近くに腰を降ろした。

その時にチラリと見ると、祀《まつ》られていたのは長い鬚《ひげ》を蓄え、薙刀《なぎなた》を手にした関聖帝君――つまり『三国志』に登場する関羽雲長の絵だった。何でも商売の神として、中国人の経営する店では、たいてい祀られているのだそうだ。なるほど、小錦のような女性は本物の中国人らしい。

しかし、そのわりには油じみた壁に張ってある短冊にも、カウンターの上に置いてあるスタンド式のメニューにも、本格中華の名前はなかった。あるのは、やはりラーメン、チャーハン、カレーライス及び、そのバリエーションばかりだ。

（まぁ、いいや。さっさと食べて帰ろう）

ふと目に止まったメニューは、ネギ卵チャーハンだった。雪の中を歩いてきたのでラーメン系もいいと思ったが、中華鍋を振るう女性の姿を見ていると、なんとなくチャーハンが食べたくなってきたのだ。

「すみません、ネギ卵チャーハンください」

中華鍋で炒めたものを皿に移し、カウンター越しに客に出している女性に俺は言った。

「おぉ、ネギ卵チャーハン、ウチの看板よ。アンタえらいね」

さっき大バカ呼ばわりしたくせに、今度はずいぶん持ち上げてくれるもんだ——カウンターの上に置いてある冷水ポットを取って自分で水を注ぎながら、俺は思った。セルフサービスとは書いていないが、どうやら店にはその女性しかいないらしく、待っていたらいつまでも出てきそうにない。

「お客さん、ウチの店、初めてか」

使い終わった中華鍋を湯で流し、ササラでゴシゴシと擦《こす》りながら、どこかの風俗嬢のようなことを女性は言った。

「何度も前を通ったことはあるんですけど、来るのは初めてです」

「そうか。それは今までアンタに、この店の食べ物がいらなかったからだね」

俺が答えると、女性は意味不明なことを言った。

「えっ、どういうことですか？」

「食べれば、わかるよ」

そう言いながら女性がガス台に濡れた中華鍋を置くと、激しい炎で見る見るうちに乾いていく。そこに女性は、お玉で掬《すく》った油を多目に流し込んだ。

「ウチのチャーハン食べたら、よその店、行けなくなっちゃうよ」

近くのボウルに入れてある卵を二つ取ると、彼女は片手で同時に割り、煙が立ち上り始めた油の中に放り込む。女性としては超がつくほどの特大サイズの手だからこそ、できる芸当だ。

油を吸った卵が膨れたところで刻みネギを入れ、さらに油を足して冷ゴハンを入れ、鉄のお玉で勢いよく炒め始めたのだが――そこからが、まさしく彼女の独擅場《どくせんじょう》だった。まるで片手に持った中華鍋が太鼓で、手にした鉄のお玉が桴《ばち》であるかのように……あるいは中華鍋が親の仇で、お玉が復讐の棍棒でもあるかのように、カン！　カン！　カン！　と打ち鳴らし始めたのだ。

もちろん、打ち鳴らすことが目的でないのはわかっている。ゴハンと具、調味料を混ぜ合わせ、均等の味にしているのだ。それはわかっているが、あそこまで凄まじい音を立てる必要があるのだろうか。

（こりゃ、たまらん）

俺は思わず耳を塞《ふさ》ごうとしたが、客の一人が目を輝かせ、こんな風に呟くのが聞こえた――「出たっ、おばちゃんの火炎太鼓」。

(なんだよ、そりゃ)

きっといつも騒々しくチャーハンを作っているので、常連客から変な名前がつけられたのだろう。俺は反射的に笑ったが、片手中華鍋を振っている女性の姿を見ているうちに、そんな名前が付けられるのも無理ないことだと悟った。

そう、それはまさしく、チャーハンと格闘しているといっても良かった。外は大雪だというのに彼女は半袖Tシャツを着ていたが(背中に大きくプレイボーイバニーが入っているものの、よく見れば両方の耳が折れたパチモノだ)、その袖から突き出た、小学校低学年男子児童の腿くらいありそうな二の腕がブルンブルンと高速に上下し、火がつくほどの油は入っていないはずなのに、時おり中華鍋全体が炎に包まれる。

(これは……すごい)

その激しいパフォーマンスに俺は息を呑んだ。チャーハンって、こんな過激な作り方をする食い物だったろうか。

やがて女性はお玉で丸く掬い取ったチャーハンを皿に盛りつけた。中華鍋の中に若干残っていたものも掬い、そのまま斜めに横に乗せたので、チャーハンがすかした被り方で帽子を頭に載せているように見える。

「ハイ、おまちどおね」

俺はいささか緊張した気分で、出されたネギ卵チャーハンを蓮華《れんげ》で掬って口に運んだ。

「……うまい」

ガスとも炎の匂いとも取れるような香りが鼻から抜けていき、一瞬、俺の頭の中は真っ白になった。まさしく〝うまい〟という感情以外、何も浮かんでこない。

思えば、その頃はやたらとグルメマンガが流行していて、食べ物の味をいろいろに表現していたものだけれど、本当にうまいと思った時は何も言えなくなるものだと俺は悟った。あえて言えば、まさしく炎の味——一粒一粒のゴハンの中に、激しい炎が封じ込められているような錯覚さえ覚える味だ。

「どうね、ウマイでしょが」

やはり使い終わった中華鍋をササラで擦りながら女性は尋ねてきたが、俺はうなずく以外には何も答えられなかった。今は話しかけないでくれ……という気持ちでいっぱいだったのだ。

「人間は、メシを食わなくっちゃダメね。ハラ減ると、ロクなこと考えない。クビ吊りたくなった人は、みんなハラいっぱいメシ食えばいいよ。死ぬ気なんか、パッとなくなるから」

女性は真剣な顔で言っていたが——チャーハンを食べ終わった頃、俺はその言葉を実感していた。さっきまでのヘコんでいた気分はきれいに消え去り、逆にやる気のようなものが、体全体に満ちていたのだ。まさしく、今なら何でもやってやるぞ……という無敵状態である。

「おばちゃん、あんたは天才だ」

代金を払いながら俺が言うと、女性は大きな体を揺すって笑った。その顔を見た時、小錦と言うよりは鬚のない関羽雲長と言った方が、彼女には相応《ふさわ》しいような気がした。

「また、おいで」

その言葉に送り出されて外に出ると、降りしきる雪はまったく冷たくなく、むしろ火照った体に心地よかった。

(いい店を見つけたぞ……明日も来るか)

そう思いながら振り返って店を眺めていると、ふと奇妙なことに気づいた。入り口の上についたオレンジの日よけテント(鉄枠にビニールを張った、例のトランポリンのようなヤツだ)には、『宝来亭』という赤い文字が入っているのに、なぜか暖簾には『関々軒』という名前が染め抜いてあったのだ。

(いったい、どっちなんだよ)

きっと特別な理由もないのだろうけど、その大らかな態度が、俺には妙に嬉しかった。

2

それから俺は三日にあげず、その店に通った。

アルバイトや芝居の稽古のために行けない時もあったが、行けば必ずチャーハンを食べた。ラーメンなどの麺類も悪くないのだが、やはり例の火炎太鼓を見なければ、どうにも物足りない気分になったからだ。

何度か足を運ぶうち、俺はおばちゃんと親しく言葉を交わすようになった。黙っていても向こうから話しかけてくるのだから、当然と言えば当然だろう。

たぶん、かなり早い時期だったと思うが――俺は心に引っかかっていたことを質問してみた。つまり『宝来亭』と『関々軒』、どちらが正しい店名なのかということだ。

「ウチは関々軒ね。『宝来亭』は、前の人がやってた店の名前」

その時もおばちゃんは八宝菜を火炎太鼓で炒めていて、一メートルほど離れたところからサイドスローで塩を中華鍋に投げ込む様が、またまた俺の目を釘付けにした。そうすることで満遍なく行き渡らせることができるのだそうだが、きっと常連客が面白い技名を付けていることだろう。

「五年くらい前か、不味《まず》くてツブれた店を、そのまんま買ったよ。テーブルも食器も全部ついてたから、楽々だったな」

それはいわゆる居抜きというやつだ。前の店が残していった設備や道具などを込みで買い取るので、すぐに店が開けられる利点がある。

「でもテントの文字を消しておかないと、前のお店と間違えちゃう人もいるんじゃないの？」

「アンタ、やっぱり頭が大バカか？　マチガイでもマチガイでなくっても、この店に来れば、同じお客さんでしょが」

不味くて潰れた店と一緒にされるのは楽しくなかろうと、俺なりに気を使った発言をしたつもりだったが、まったくのムダだったようだ。そんな小さなことを、おばちゃんは全然気にしていなかった。

「じゃあ、おばちゃんは手ぶらでOKだったってわけ？」

「いやいや、コレだけは、ちゃんと持ってきたよ」

そう言いながらおばちゃんは、八宝菜を炒めている片手中華鍋を俺の方に向けて見せてくれた。

「このナベは、ワタシの命ね。何があっても手放せないよ」

なるほど、料理人にとって手に馴染んだ道具は命なんだね——俺がそう言うと、おばちゃんは咽喉まわりの贅肉をプルプルさせながら、目をいっそう大きく見開いて答えた。

「アンタの言うとおりだけど、これには、もっとすごい価値あるよ。人に元気あげるチカラあるんだから」

最初、俺はその言葉の意味を、本当には理解していなかった。たぶん、その中華鍋で作ったものを食べた人は、お腹がいっぱいになって元気が出る……というほどの意味だと思って、「なるほどねぇ」とか「確かにそうだね」なんて適当に相槌を打っていたが、おばちゃんが本当に言いたいのは、そういうことではないらしかった。

「アンタ、わかってないね。これ、ワタシの父さんが昔から使ってたものよ。ワタシの父さん、若い頃は料理する人だった。このナベで、若い時のソンチュンサンにチンジャオロースー作ったよ。その時、あの人、元気なかった。でも、父さんのゴハン食べて、元気出したよ。だから、あんなに偉くなったね」

「へえ、そうなんだ」

精一杯に話を合わせたけれど、ソンチュンサンなる人物が誰なのか、俺にはわからなかった。どうやら昔、おばちゃんのお父さんが作った青椒肉絲を食べて偉くなった人らしいのだが、中国系の人の名前は、音を聞いただけではピンと来ない。

「アンタ、ソンチュンサン知らないか。アイヤー、やっぱり頭が大バカだった」

どうやら俺が話を半分程度にしか理解できていないのを見破って、おばちゃんは口を尖《とが》らせて言った。そういう顔をすると、何だか魚チックな顔になる——それも揚子江の怪魚系の。

「ソンチュンサンって、もしかすると孫文のことですか」

その時、カウンターの並びにいた学生風の男が口を挟んできた。おばちゃんが作っていたのは、そいつが注文した八宝菜だ。

「そうそう、こっちでは、そっちの名前で言うか。わかったか、アンタ、ソンプンだよ、ソンプン」

おばちゃんは油に塗《まみ》れた鉄のお玉を俺の鼻先に突きつけながら、怒ったように言った。そこに至ってもなお理解し切っていなかったのだが、その学生風の男に素直に教えを乞うと、孫文は辛亥革命の指導者で『中国革命の父』と呼ばれている偉人だと教えてくれた。何でも本場中国では、孫中山と呼ぶ方が一般的なのだそうだ。

「もう一回言うけど、ワタシの父さん、このナベでソンプンにチンジャオロースー作った。だから、あの人、偉くなったね」

「つまり、その中華鍋で作ったものを食べると、偉くなれるってこと？」

「チガウよ。偉くなれるのは、その人がガンバルからでしょが。このナベも、そこまでスゴクないよ。でも、コレで作ったものを食べると元気が出る。それはウソじゃない。このナベには、人に元気をあげるチカラがあるね」

炒めあがった八宝菜を、かすれた仙女らしき絵のついた皿に盛り付けながら、おばちやんは言った。

「だから元気イッパイの人には、この店、あんまり用事ないね。アンタも、昔は店の前を通っても入らなかったと言ってたろ。それは、その時のアンタに元気があったからよ。でも、アンタ、近頃ちょっと元気なくなった。だから、この店に来たね……このナベが、アンタに来いと言ったんだよ」

そんなふうに説明されて、俺はようやく理解した――その孫文に青椒肉絲を作ったという中華鍋は、人に元気を与える魔法の料理（口に出して言うと、ものすごく恥ずかしい言葉だが）を作る、魔法の中華鍋だということだ。

（そんなマンガみたいな話、あるわけないでしょうが）

そんな言葉が危うく口をついて出そうになったが、おばちゃんが出刃包丁を手に何か刻んでいたので、ぐっとこらえた。何回か通って、けっこうおばちゃんの気性が激しいことを、それとなく理解していたからだ。

けれど――正直に言うと、そのマンガみたいな話を半分は信じている部分が、俺にはあった。それが中華鍋の魔法かどうかはさておき、おばちゃんが作ったものを食べると元気が出るのは本当だったからだ。

大雪の日以来、何度となくおばちゃんのチャーハンを食べたけれど、そのたびに俺は、自分の中に熱いものが湧いてくるのを感じた。そんな作用をする何かが入っているわけでもないのに、食べ終わって店を出ると、不思議な高揚感のようなものを覚えるのだ。やにわに駆け出したくなると言うか、ジッとしていられなくなると言うか——とにかく、そんな気持ちが体の底から湧き起こって、闇雲に「俺はやるぞう！」と叫んでみたりもしたものだ。おばちゃんの言うことが本当だとしたら、孫文なる偉人も、おばちゃんのお父さんが作った青椒肉絲を食べて、そんなふうに叫んだりしたのだろうか。

俺は、きっと叫んだに違いないと思う——なぜなら、その話を聞いた日も、おばちゃんの八宝菜を食べた学生風の客が「よっしゃあ！」と、意味なく気合いを入れながら、店を出て行ったのを見たからだ。

実際、過ぎ去ってしまった今だから言えることだが、あの頃、あの店に出会えたことは俺にとって本当に幸運なことだったと思う。と言うのも、おばちゃんが見抜いたとおり、その時の俺は少しばかり元気がなかった。芝居を続けるかどうか、さんざんに悩んでいたからだ。

自分のことなど語る価値もないが——当時の俺は役者になることを夢見て、高田馬場にある某劇団に在籍していた。中学の文化祭で『ごんぎつね』の兵十《ひょうじゅう》を演じて以来、すっかり演劇の面白さに心を奪われてしまい、高校卒業と同時に家を飛び出して入団したのだ。

駆け出したばかりの頃は、それこそ右も左もわからずに突っ走っていた。思い返せば楽しいこともいろいろあって、間違いなく俺の一つの黄金時代だったと思うけれど、三年も四年も同じ場所にいると、いろいろ見たくないものまで見えてくる。それも本来の演劇に関することではなくて、劇団内の力関係だの、醜い足の引っ張り合いだの——どうしても、そんなものが目につくようになるのだ。

実は日暮里が大雪に包まれた日の少し前から、俺は劇団の演出担当者と激しくぶつかっていた。俺が受け持つ登場人物の演じ方が、どうしても彼には承服できないと言うのだ。

俺は自分なりに、がんばったつもりだ。

できる限りの話し合いもしたし、他の団員に芝居を見てもらったり、アルバイトの休憩時間（その頃は確か、仲御徒町のレコード屋の店員をしていた）に店の裏で練習したりもした。けれど、やはりＯＫが出ないどころか、どんどん事態は悪くなった。熱心にやればやるほど、演出担当者の求めるところから離れてしまうのだという。

「がんばったって、意味ないぜ」

ある時、仲良くしていた同期の男が俺に囁いた。

「あの人は、お前の芝居にダメ出ししてるわけじゃないんだよ。お前が団長に目をかけられているのが気に入らないんだ」

その劇団を率いていたのは、映画への出演も多い有名男優だった。その彼に気に入られているという自覚は俺にはなかったが、ごくたまに稽古場で会えばアドバイスをくれたし、彼が主演している時代劇に、斬られ役ながら出してくれたこともあった。もっともセリフはなく、スクリーンに映る時間は十秒もなかったのだが。

「まさか、そんなことはないだろう」

俺が答えると、同期の男は笑って言った。

「バカだな……人間なんて、そんなもんだって。お前も大人になれよ」

その言葉は俺を落ち込ませた。考えようによっては思い当たる節もあるし、競争の激しい世界だからこそ、そんなことがあっても何もおかしくない。

それから俺は、しばらく疑心暗鬼のような状態になったのだが——大雪の前日、俺を大いにヘコませることが起こった。

俺に「大人になれ」と言った同期の男が、劇団を辞めさせられたのである。はっきりとした理由は聞かされなかったが、団長や演出担当者、脚本家などを陰で批判し続け、それが目に余る状態になったかららしい。

(結局、誰の言うことが正しかったんだよ)

その知らせを聞いて、俺は考えた——同期の男は本当のことを教えてくれていたのだろうか。あるいは、その言葉そのものが、俺の足元を掬うためのものだったのだろうか。

いろんなことに考えをめぐらせているうちに、何だか俺の体から、恐ろしい勢いで元気が抜け出てしまった。今までがんばってきたことがすべて虚しく思われ、芝居ごときに人生をかけている自分が、どうしようもなく軽い存在に感じられてならなかった。かつての同級生たちの多くは大学を出て、まともなサラリーマンになっているというのに、自分は小さな世界で何をやっているんだろう……いっそ、やめちまおうか。

あの店に出会ったのは、まさにそのタイミングだった。そして俺は火炎太鼓が生み出す絶妙なネギ卵チャーハンに救われたのだ。

だから、人に元気を与える魔法の中華鍋が俺を呼んだのだというおばちゃんの主張も、簡単に笑い飛ばす気にはなれなかった。広い世界には、持ち主を不幸にするホープダイヤだの、座った者は必ず死ぬという呪いの椅子があったりするのだ。人に元気を与える不思議アイテムがあったって、別に構わないだろう。

だから、おばちゃんの店の正しい名前は関聖帝君にちなんだ『関々軒』だが、俺は魔法の中華鍋に敬意を表して、以後『カンカン軒』と呼ぶことにした。あの店を語る時には、あのカン！　カン！　カン！　という力強い金属音を、やはり外すわけにはいかない。もっとも音は同じ〝かんかんけん〟だが、ちゃんと俺はカタカナで言っているので、その微妙な表現の違いが、わかる人にはわかるはずだ。まぁ、別にわからなくてもいいが。

3

カンカン軒に通い始めて半年ほどした、夏の終わり頃のことだ。

その日は確か平日で、稽古もアルバイトもなかった俺は、かなり早い夕食を食べていた。外はまだ日が落ち切っておらず、黄ばんだ入り口のガラスから夕陽が差し込んでいるような時間なので、客は俺一人だ。いくら元気が出ると言っても、さすがに毎日チャーハンというわけにもいかないので、その日のメニューは野菜炒め定食だった。

「やっぱり、あの鍋はすごいもんだね」

俺は彩《いろどり》のいい皿から色鮮やかなニンジンのかけらを箸でつまみ上げ、その美しさとうまさに惚れ惚れとしていた。

「俺、もともとニンジンは苦手なのに……こんなにうまくなるなんて」

「アイヤー、アンタ、間違えちゃダメね。元気が出るのはナベのチカラだけど、味はワタシよ」

「へぇ、そうなの」

俺はニヤニヤ笑って、おばちゃんに相槌を打った。実のところ、元気が出るのもおばちゃんの手並みによるものではないかと疑っていたけれど、おばちゃん自身が言うのだから、どちらでもいいだろう。

「アンタ、うまいのヒミツは、コレよ」

そう言いながらおばちゃんは、厨房のガス台の近くにおいた油の器にお玉を突っ込み、掬って俺に見せた。

「それって、ただの油でしょ」

「ただの油じゃないね……こうやって」

おばちゃんはお玉に掬った油をガス台の上の中華鍋に注ぎいれ、煙が出る手前くらいにまで加熱すると、それを再び器に戻した。

「知ってるよ、それ。確か〝返し油〟ってやつだよね。でも、あくまでもフライパンとか中華鍋に油をなじませるためでしょ」

「そういうイミもあるね。でも、こうやってると油がおいしくなるよ。これホント」

実際は衛生面だの何だのに問題があるのだろうが、何となく俺は納得した。ゲームではないけれど、いわゆる経験値の高い油というわけだ。何だか、それを使えばうまい料理が作れそうな気がしてくる。

「へぇ、いろいろあるもんだねぇ」

そんなふうに、俺が感心した時だ——サッシの引き違い戸が乱暴に開いて、三人組の若い男がぞろぞろと入ってきた。どいつも派手なプリントシャツを着ている連中で、そのうちの一人は完全に前をはだけ、紫のラメ入り腹巻をしていた。一見してタチのよくない連中だとわかる。

「アイヤー、アンタたち、また来たか」

太い眉をひそめて、おばちゃんは言った。

「何だい、ご挨拶だな。この店は客を選ぶのかぁ？」

男たちは二つのテーブルに分かれて座り、さんざんに狭いの汚いのと文句をこぼした。

「チャーシューメン三つ、五分で持って来い」

「そんなんムリね」

俺はカウンターでピンと背中を伸ばし、男たちとおばちゃんのやり取りを聞きながらメシを食った。いったい何が起こっているのか理解できず、味までわからなくなる。

やがて、おばちゃんはチャーシューメンを作り、テーブル席に運んだ。男たちは一口だけ食べると、さっきと同じように悪態をつく――ひでぇ、こりゃブタのエサだ。いや、ブタの方が、もっとうまいもん食ってるぜ。

「アンタたち、他のお客さんにメイワクよ。お金いらないから、帰りなさい」

とうとう腹に据えかねておばちゃんが言うと、薄いサングラスをかけた男が腰を上げて俺の背後に立ち、肩にポンと手を置いた。

「兄ちゃん、俺たちが何か迷惑かけたか？」

その瞬間、初めてネギ卵チャーハンを食べた時とは別の意味で、俺の頭の中は白くなった。おまけに咽喉元で、クッと変な音が鳴る。

「アイヤ、その子に触るな。とっとと、出て行きなさい」

おばちゃんは凄まじい剣幕で、男たちを外に追い出した。男たちは大声で笑いながら出て行ったが、最後に店を出たヤツが暖簾にわざと引っかかった振りをして一部を引き裂いた。

「おぉ、悪い悪い。あんまりボロいんで、ちょっと引っかかったら破れっちまった」

そのダメ押しが利いたのか、おばちゃんは本物の関羽雲長もかくや……と思えるほどの憤怒の表情になり、厨房にあった鉄のお玉を引っつかんで後を追いかけようとした。

俺はその腕をがっちりとつかみ、必死に引き止める。

「落ち着くんだ、おばちゃん。そんなものをおばちゃんが振り回したら、死人が出る」

冗談でも大げさでもなく、俺は真剣にそう考えていた。

「いったい今の連中は何なの？　このヘンじゃ見ない顔だけど」

ようやくカウンター席におばちゃんを座らせ、冷水ポットから注いだ水を勧めながら尋ねた。

「アイツら、ジャグァよ」

ほんの数秒間、その言葉の意味を、俺は真剣に考えた。中国ではジャガーを本物の英語っぽくジャグァと発音するのだろうか。

「ちょと前から、この店の土地を売れ売れって、うるさいよ」

「あっ、ジャグァって地上げ屋のこと？　ジアゲヤ、ジアギュア、ジャグァか……なるほど」

俺は一人で納得して一人で笑った。

「ナニ笑ってるか。アンタ、ホントに頭が大バカか」

おばちゃんが少し怒った声を出したので、俺は慌てて背筋を伸ばす。

思えば当時は八〇年代後半――バブル真っ盛りで、俺はその恩恵を受けた覚えは微塵もないが、世間の羽振りは妙に良かった。土地を転がして儲けようという連中もいて、東京のあちこちに地上げの大旋風が巻き起こっていた。小さな土地を破格の値段で買っても、それらを合わせて大きな土地にすれば何倍もの値段で売れるので、連中の攻勢はかなりのものだったと聞いている。

「この店、土地もおばちゃんのだったんだね」

「ワタシ、人に何か借りるのスキじゃないよ」

そんなシンプルな理由で、都内にポンと土地を買ってしまえるなんて（しかも山手線の駅前）、おばちゃんも大したものだと俺は思った。

「いつ頃から来てるの？　あの連中」

「ヒトツキくらい前よ。ずっと土地は売らないって言ってたら、来るようになったな。来るたびに、今みたいなこと、していくよ」

幸い、俺はそれまで連中と顔を合わせたことがなかった。俺が食いに来る時間が、たいてい遅かったからだろう。

おばちゃんの話によると、その地上げ屋は地元の人間ではないが、日暮里駅東口周辺の土地に強い執着を持っているらしい。後に行われた駅前の再開発計画が、その頃すでに発表されていたかどうかは確認できないが、それを見越しての地上げだったのかもしれない。

「そもそも連中は、この店の土地をいくらで買うって言ってるの？　あんなイヤガラセをするくらいだから、安く買い叩くつもりなんだな」

「確か……イチオクエン出すって、前に言ってたよ」

俺は思わず息を呑んだ。この狭い土地に一億円――俺ならソッコーで売買契約書にハンをついてしまいそうだが。

「アイヤー、お金なんか、くだらないね」

唖然としている俺に、おばちゃんは言った。

「お金は、メシ食べられるだけあればいい。それよりたくさんは、ジャマなだけよ。お金を持ちすぎてると、物のありがたみがわからなくなる。人の気持ちまで、お金で買おうとするよ」

俺が差し出した水をぐいっと飲み干して、おばちゃんは言った。

「アンタ、〝ありがとう〟が、お金で買えると思うか」

「いや……どうかな」

「じゃあ、〝がんばれ〟は、お金で買えるか」

俺は首を捻った。もしかしたら買えるかもしれないとも思ったが——そんな〝ありがとう〟や〝がんばれ〟には、何の意味もないのかもしれない。

「たぶん、どっちも買えないんじゃないかな」

俺が答えると、おばちゃんはニッコリと笑って言った。

「アンタ、頭は大バカだけど、心はリコウみたいね。よかったよかった」

おばちゃんはそう言って厨房に入っていき、なぜか中華鍋を火にかけた。

「ワタシ、若い子にメシ作るの好きよ」

そう言いながら、お玉で油を掬い入れ、強火で熱する。

「ホントは、若くなくてもいい。とにかく、がんばってる人にメシ食わせるのが好きね」

煙が立ち始めた油に卵を二つ割り入れ、十分に油を含んで膨れたところでネギを入れ、さらに冷ゴハンを投げ込んだ。それから——例の火炎太鼓が始まる。

「がんばってる人、いつか大きくなるよ。大きくなったら、きっと世の中、良くしてくれるんじゃないかな。ワタシの父さんのチンジャオロースーを食べたソンチュンサンみたいに」

太い腕に握られた鉄のお玉が黒光りする中華鍋を滅多打ちにする音が、狭い店の中に響いた。カン！　カン！　カン！　カン！　カン！　と、間断なく。

「そういうのに比べたら、お金なんか、ちっとも面白くないね」

お玉を振り回すおばちゃんを見ながら、そういうものかな……と俺は思った。

恥ずかしながら、この時の俺はまだまだ青く、おばちゃんの言っていることが完全には理解できなかった。そういう欲望みたいなものがあるから前に進める時が、人間にはあるのではないかと考えたりもしたのだ。

「ははは、アンタには、まだわからないね」

どこかガッカリした口調で言いながら、おばちゃんは、できあがったネギ卵チャーハンを俺の前に置いた。

「サービスよ。さっきは止めてくれて、ありがと」

今しがた野菜炒め定食を食べたばかりの俺に、そのサービスは辛かった。けれど、とりあえず蓮華を手にしてチャーハンを口に運ぶ。

「やっぱり……うまい」

一口食べたら後を引いて、俺は二口三口とチャーハンを食べた。自然と手の動きはスピードアップし、いつしか恐ろしい勢いで掻き込んでいた。

単純に胃袋という意味ではなく、食べているうちに俺の中の深いところでチャーハンの米の一粒一粒に火がつき、さっきの連中に感じた怖気《おじけ》を焼き払っていくように思えた。何かが俺のゼンマイを巻き、何かが俺を励ましている——あぁ、これがメシだ。

「ワタシは、まだまだここで、若い子にメシ食わせたいね。だからジャグァには負けたくないよ。負けたら、ワタシの恥よ。きっと、このナベも怒るね」

すでに洗い終わり、水気を飛ばすためにガスの火にかけていた中華鍋を持ち上げて、おばちゃんは言った。

「そういえば、その鍋は元々お父さんが使っていたんだよね？　相当年季が入ってるみたいだけど、どのくらい前のものなんだろう」

「これか？　うーん、ヒャクネンくらいでないかな」

おばちゃんは、あっさりと答えた。

「えっ、百年？　まさかぁ」

「だって、もともとは父さんの母さんの嫁入り道具よ。つまり、ワタシのおバアちゃんね……それに、ワタシの父さんは今、八十歳過ぎてるよ。ワタシも二十年は使ってるから、あれこれタシ算したら、ヒャクネンくらいになるでしょ」

それを聞いた瞬間、俺は前に本で読んだ怪しげな話を思い出した。芝居の参考文献の中にあったのだが、一つの道具を長く大切に使っていると、ごくまれに魂が宿ることがあるらしい……というのだ。

（もしかすると、あの中華鍋にも魂が）

小さな子供のような手足が生えて、人気のない厨房を走り回っている中華鍋の姿が、俺の脳裏に一瞬だけ浮かんで消えたが――まったく怖くない、むしろ笑いたくなるような姿だった。

4

残念ながらカンカン軒は、今はない。

日暮里駅東口界隈は再開発され、根こそぎ風景が変わってしまった。有名だった駄菓子屋横丁を始め、いくつもの建物が姿を消したが、カンカン軒はそれより一足も二足も早くなってしまったのだ。

けれど、それはけして、地上げ屋におばちゃんが負けたということではない。実際、バブルが弾けたと言われる九〇年代前半には、ちゃんと営業していたという。

していたという……などと伝聞調になってしまうのは、実はその後、俺の方が日暮里を出たので、この目で確かめていないからである。

どういうわけか俺は、初めてカンカン軒に足を運んでから約一年後に、あるテレビ時代劇の端役に抜擢されたのだ。俺のような無名の役者には大きなチャンスで、劇団からも全力投球でのぞむように指示され、結局、撮影所のある京都に引っ越すことになった。それ以後、細々とながら仕事が切れないのをいいことに、東京に戻らないまま時間が過ぎてしまったのである。

「やれる時には、ドンドンやるのがいいよ。アンタ、がんばれな」

東京を出る前日、最後にカンカン軒でおばちゃんと話した時のことを忘れることができない。おばちゃんは右腕にケガをしていて、手首に包帯を巻いていた。だから最後にネギ卵チャーハンを作ってあげられないのが、悔しくてならない……と、何度もこぼしていたものだ。

「そんなこと、気にしないでもいいよ。それにしても、本当に不思議なことがあるもんだね」

関聖帝君の絵の前に置いた大きな木箱に目をやりながら、俺は答えた。実はその二週間ほど前に、とても不思議な事件があって――木箱の中には、その証拠とも言えるものが収められていたのだ。

「あれは、ワタシの一生の宝にするね」

「そうだね……きっと、あいつも喜ぶよ」

そう答えながら俺は、おばちゃんが激しい炎の前で中華鍋を振るいながら、鉄のお玉で叩きまくっている姿を思い出していた。

その不思議な事件というのは、やはり雪が降った日に起こった。

確か水曜の午後で、アルバイトも芝居の稽古もなかった俺は、いつかのように、かなり早い時間にカンカン軒に向かっていた。その日は半端な時間に朝メシ兼昼メシを食べたので、やはり半端な時間に腹が減ったのだ。

カンカン軒に着くと戸には鍵がかけられていて、準備中の札がかかっていた。だいたい二時から四時半くらいの間に、おばちゃんは買い物に出ることが多かった。

（どうするかな）

腕時計を眺めながら、俺は考えた。そのまま店先で待っていようかとも思ったが、いつ帰ってくるかわからなかったし、何より寒い。降りは大したものではなかったが、雪の中で人待ち顔で立っているのも、ちょっと悲しいものがある。

仕方なく俺は、駅前近くのコンビニまで戻ることにした。そこでマンガでも立ち読みして時間を潰し、頃合いを見計らって、もう一度来ようと考えたのだ。

広いけれど歩道と車道の区別がされていない通りを歩いていると、前から奇妙な風体の人間が歩いてくるのが見えた。頭のてっぺんが鈍く尖っていて、胸から下がストンと一直線に落ちている、大砲の弾のような体型だ。

(相変わらず、すごい装備だな)

言うまでもなく、それはおばちゃんだった。

おばちゃんは暑さにも弱いが寒さにも弱く、冬場に出かける時は、信じられないくらいの厚着をしていた。何枚も服を着た上にマントのようなコートを羽織り、さらに頭からすっぽりショールを被って、まるで姫ダルマのような姿になるのだ。さらに両手には膨れ上がったスーパーのレジ袋をいくつも提げているものだから、そのボリューム感たるや、かなりのものがある。

せめてレジ袋をいくつか持ってやろうと、俺はおばちゃんに向かって駆け寄ろうとした。おばちゃんも俺の姿を認めて、片方の手を無理やりにあげようとした。

その瞬間だ。

後ろから走ってきたトラックが、追い越しざまにいきなりハンドルを切って、かなりのスピードでおばちゃんを後ろから撥ね飛ばした。トラックのボディーに何かぶつかったのか、カーン！という金属音がはっきりと聞こえた。

「うわぁっ、おばちゃんっ！」

巨体が一メートルほど飛びあがり、空中でキリキリと回るのを、俺ははっきりと見た。トラックはそのまま止まりもせず、俺のすぐ横をすごい勢いで走り去っていく。

瞬間的に見えた運転手の顔には、見覚えがあった。いつかカンカン軒に営業妨害にやって来た若い男のうちの一人で、シャツの前をはだけ、紫色の腹巻を出していたヤツに間違いない。おばちゃんがいつまでも首をタテに振らないのに業を煮やして、とうとう実力行使に出たのだ。

「おばちゃん、大丈夫かいっ」

レジ袋の中身を地面にばら撒いて倒れているおばちゃんに、俺は慌てて駆け寄った。

「あいたたた……チクショウ、やりやがったな」

幸いおばちゃんは生きていて、起き上がり小法師《こぼし》のような動きで体を起こそうとした。それを慌てて押さえ、動かないようにと強く言った。今のタイミングなら、絶対に頭をぶつけているはずだ。

「確かに頭の後ろで、カーンって音がしたな。ちっとも痛くないけど、ぶつけたかも」

おばちゃんも不安そうに後頭部を撫でていたが——その後、運び込まれた救急病院で検査した結果、驚いたことに右手首を捻挫しただけで、他にはどこもケガをしていなかった。念の為に入院して様子を見ても、特に悪い症状も出ず、二日で無事退院となったくらいだ。

「きっと厚着していたのが、よかったんだね」

「アイヤー、寒がりでよかったよ」

日本には身寄りがいないと言うので、これも何かの縁と、退院の時は俺が迎えに行ってやった。その時、実はおばちゃんが麗君《リーチュン》という、妙に可愛い名前であることを知って笑ってしまったが、姓は雷《レイ》で、これは見事に体を表したものだと感心したりもした。

「アンタ、いろいろ世話になったね。でも、これでアイツらも、少しはおとなしくなるよ」

病院から戻って店の戸の鍵を開けながら、おばちゃんはホッとしたように言った。

俺がバッチリ顔を見ていたので、トラックを運転していたヤツはその日のうちに捕まっていた。もちろん、まだまだ安心はできないが、地上げ屋グループも、あまりあからさまなマネはできなくなるだろう。

「あぁ、やっぱりワタシは、ここが一番好きね」

そう言って店の中を懐かしそうに見回していたおばちゃんは、突然、厨房の方を向いて小さな声をあげた。

「アンタ、ちょっとアレ見なさい」

おばちゃんの太い指が指し示す方にはガス台があり、そこには、いつもの中華鍋が置いてあるはずだったが――鍋は影も形もなく、ただ黒光りする瀬戸物の破片のようなものが散らばっていたのだ。

「これは……」

手に取ってみると、それは間違いなく薄い鉄板だった。十五センチくらいの大きな破片から、一センチ程度のものまでサイズはまちまちだったが、どれもが緩やかな弧を描いていて、繋ぎ合わせれば大きな半球状になるのは明らかだ。

「あのナベ、鉄よ。こんな壊れ方するものか」

そう、それはどう見ても、あの魔法の中華鍋が、砕け散った残骸としか考えられなかった。

けれど、おばちゃんの言葉通り、薄いとはいえ鉄である。どうすれば、こんなガラスのような壊れ方をするのだろう。

「おばちゃんが、カンカン叩き過ぎたからじゃないの」

俺は冷やかし半分に言ったが、実のところはおばちゃんの口から出た、この意見に賛成である――アンタ、ワタシの代わりに死んでくれたか。

俺たちはその後、おばちゃんの退院祝いと一緒に、ささやかな鍋の弔いをした。不思議な砕け方をした鉄片を一つ残らず木箱に詰め、百年もの長きにわたって働いてきた労をねぎらったのだ。

「きっとナベも、がんばってる人にメシを作るのが好きだったに違いないね。きっとそうだよ」

大きな目からボロボロと大粒の涙を流しながら、おばちゃんは何度も同じ言葉を繰り返した。俺は薄い鉄片を一つ一つ摘み上げながら、この鍋とおばちゃんのコンビが、どれだけ多くの人に力を与えてきたのかを想像した。そしてできることなら、自分もそんなことができる役者になりたいものだ……と、ぼんやり考えた。


「ホントにアンタ、がんばんなさい」

「おばちゃんも、テレビで俺を見てくれよな」

京都に旅立つ前日、俺とおばちゃんは、そんな言葉を交わして別れた。

以来、今日まで一度も顔を合わせてはいないが、手紙は時々来る。おばちゃんはなかなかの能筆だが、いつまでも日本語は上達せず、あのしゃべり口調のままの文面だ。

実は――ある時、イタズラ半分に『雷麗君』という女性の名前をインターネットの検索にかけてみて驚いた。台湾で大手レストランチェーンを経営している大富豪の娘の中に、同じ名前を見つけたのだ。

(そんな……まさか)

いろいろとネットの中を探し回って、ようやく一九八二年に撮影されたという一族の集合写真にたどり着いた。大富豪の八十何回目かの誕生祝賀会のものらしいが、ハガキより小さいくらいのそれを拡大して眺めてみると――車椅子に乗った大富豪を囲んだ中に、鬚を剃り落とした関羽雲長を思わせる女性の姿が確かにあった。

俺が気づいていることは今でも内緒にしているのだが、もちろん、おばちゃんが何者であっても俺には関係ない。たとえどんな出自であろうと、おばちゃんが自分の生き方を変えるとは思えないからだ。

おばちゃんは今、埼玉県の某所で、やはり小さな中華料理屋を営んでいる。詳しい場所と名前は教えられないが、近くを通れば、すぐにわかるだろう。例のカン！　カン！　カン！　カン！　という激しい音が、きっと耳に飛び込んでくるはずだから。

もし万一、おばちゃんの店を見つけることができたら、ぜひともネギ卵チャーハンを食べてみて欲しい。あの中華鍋は失われてしまったけれど、必ずや体の芯から元気が出るメシを、おばちゃんは作ってくれるはずだ。

空のひと

あんたのことは一生許さない。

まったくあんたと来たら、バカで口下手でオッチョコチョイでウッカリ屋で、言うことばっかり大きいくせに、肝心なところで間が悪くて――そのおかげで私がどれだけ苦労したか、少しはわかってるの？

ほんとに、あんたと関わったのは人生最大の失敗だったわよ。もし中学時代に戻れたら、あんたなんかとは付き合わないようにって、三つ編みの私にアドバイスしたいくらい。

まったく、考えるだけでムカムカしてくる。

あんたは本当にろくでもない人だった――何より許せないのは、お腹の大きかった私を残して、さっさと空の上の人になっちゃったってことよ。

1

どうして、あんたなんか好きになっちゃったんだろうね。

さすがに三十年も昔のことだから覚えてない部分も多いんだけど、やっぱり中学三年の時の、運動会のリレーが決め手になっちゃったのは本当。でも、あれはちょっとズルいよな。あんなガンバリを見せられたら、十四、五歳の女の子がぐらつかないはずはないよ。バカなあんたが計算ずくだったとは思わないけど、あれは本当にズルい。

あんたのことは一応、小学校の頃から知ってはいたんだ。

五年生の春先だったかな、隣のクラス（確か三組よね）に転校生が来たって言うから、どんな子だろうって、友だちと見に行ったの。その転校生があんただったんだけど、同じクラスの男の子と話しているのを一目見た時、「ありゃ、スニフがいる」って思ったものよ。

スニフって知ってるでしょ？

『ムーミン』に出てくる、カンガルーみたいなやつ。ひょろりと背が高いんだけど、気が弱くって、何かっていうとすぐ泣くの。そのくせ案外物欲が強くって、よく他の人に怒られてたもんだわ。いやいや、あんたじゃなくて、あくまでもスニフの話ね。

でも、初めて教室であんたを見た時、本当にスニフを連想したの。ひょろひょろと背が高くって、耳が大きくて、いかにも気弱そうな顔をして――正直、その瞬間にあんたへの興味はなくなっちゃった。

だから、それ以後のあんたは、ただの風景。廊下で見かけても何とも思わなかったし、六年の時に委員会で一緒になったって後で言われても、「そうだったっけ?」って感じ。なのに、その十五年後には結婚していたんだから、人生ってのはわからないもんね。


空の上に行っちゃったあんたにはわからないだろうけど、私たちが育ったこの町も、ずいぶん変わったわよ。

駅にくっついてた大きなビルもなくなっちゃって、今はずいぶんすっきりしてる。駅前ロータリーのあたりはあんまり変わらないけど、銀行はみんな名前が変わっちゃって――そう言えば私たちが通っていた小学校も、今は名前が違うのよ。私たちが子供の頃は生徒数が多すぎて、近所に別の小学校を作るほどだったのに、今じゃ逆に生徒が減りすぎて統合したんだって。

子供の頃は、この町も発展途上だった。

私は小学校三年の時に西保木間《にしほきま》の団地に越してきたんだけど、その時(ええっと、昭和四十六年のことね)だって建物のすぐ裏は、セイタカアワダチソウが生い茂った荒地みたいになってた。舗装した道路が途中でプッツリと切れて、その先は草の中に消えてるって有様――今じゃ、そこにも団地が建ってるけどね。

昔を懐かしむわけじゃないけど、あの頃は、町全体に勢いみたいなのがあったと思う。いつもどこかしら工事中で、町全体がすごいスピードで育っているって感じ。寂しかった空き地に家やお店が建って、土剝《む》き出しの道が舗装されて水溜りが消えていって――何だか社会が進歩してきた過程を、早回しで見せられているような気がしたもんよ。

通っていた小学校にもどんどん人が増えて、私たちの学年も初めは二クラスしかなかったらしいけど、卒業する頃には倍の四クラスになっていたわ。近所の団地が完成するたびに新しい家族が越してきて、それこそ毎学期の初めに必ず何人かの転校生が来ていたくらいだから、それも当然だね。

そんなだからパッとしない転校生が、すぐに風景になっちゃうのは仕方ない。

特にあんたは隣のクラスだったし、スポーツや勉強ができたわけでもないし――人目を引くところといったら、ひょろっと背が高いのと、でっかい耳くらいのものでしょ。はっきり言って、どうでも良かったのよねぇ。

あんたの存在を認識するようになったのは、中学二年で同じクラスになった時かな。そう、あの清掃工場の煙突の横にある中学校――私たちの小学校の卒業生は、ほとんどがあの中学に進んだものだけど、その時もやっぱり教室が足りなくって、校庭にプレハブ校舎を作って、その場しのぎをしていたわね。

あの頃のあんたの印象は——まぁ、良くも悪くもなかったっていうのが本当のところ。『猿の惑星』のコーネリアス博士の口真似だけは面白かったけど、それ以外には、別に……って感じかな。だいたい中学生くらいまでは、スポーツができるとかリーダーシップがあるとかで男の子の人気って決まってしまうものだから、しょうがないよね。でも例の新聞配達の件で、私は結構、あんたのことを認めるようになったのよ。

あれは確か、夏休みが半分ほど過ぎた頃だったかな。

私はその日、ものすごく早く目が覚めた。明け方の五時頃よ。それと言うのも、前の日にすごく早く寝たせいなんだけど。

東京マリンって覚えてる？

もうなくなっちゃったけど、あそこは本当に楽しいプールだったわ。長い滑り台もあったし、流れるプールもあったしね。学校では生徒同士で行くのが禁止されてたけど、そんな決まりを律儀に守る中学生なんかいるはずもなくって、私はしょっちゅう行ってたわよ。

その前の日も友だちと出かけて、一日中遊んでクタクタになってたんだ。夕ご飯も半分寝ながら食べてたくらいで、お風呂に入った後、早々に潰れちゃったの。それでいつもの時間まで寝たんならよかったんだけど、夜明け前に目が覚めちゃったんだ。

そんな時は二度寝するのが普通だけど（今だったら、絶対そうする）、なぜかその日は散歩に行きたくなっちゃってね。夏だから外は十分に明るくなってたし、誰もいない朝の町を歩いてみたい……なんて思ったんだ。家族が寝ている間に、こっそり外に出るのも面白いじゃない？

それで私は団地の部屋を出て、何となく小学校の方に歩いてみた。上がってきたばかりの朝日に照らされて、清掃工場の煙突がいつも以上に大きく見えたわ。白とオレンジの縞々《しましま》が、妙にくっきりと空に映えてね。

その煙突を右手に見ながら歩いて、七丁目の団地の方に出た時だった。向こうから新聞配達の人が自転車を漕いでやって来るのが見えたんだけど——それがあんただったんだから、ビックリするじゃない？　普通、中学生はアルバイト禁止でしょ。

「笹本くん！」

私は反射的に声をかけたわ。くたびれたTシャツを着て、首に白いタオルを引っ掛けていたあんたは、私を見てものすごく困った顔をした。重大な秘密を見られた……って感じに。

「木下さん、どうしたの？　こんな早く」

「笹本くんの方こそ、どうしたのよ。中学生がアルバイトなんかしていいの？」

「これには、ちょっとワケがあって」

その時、あんたの家にはお父さんがいないってことを私は知らなかった。女手一つであんたと妹さんを育てているお母さんを少しでも助けるために、近所の新聞屋さんに頼み込んで、こっそりとアルバイトをさせてもらってるってこともね。

「学校には内緒にしてくんないかな……できれば、みんなにも」

ざっと事情を教えてくれたあんたは、何だか恥ずかしそうに言った。その時、あんたのほっぺを滑り落ちる汗を見て、ちょっとカッコイイと思っちゃったのは、本当に失敗だったわよ。

その時、うちの団地もあんたの受け持ちだと聞いて、それから私は妙にあんたのことを思い出すようになった。毎朝、父親がトイレから新聞を持って出てくるのを見るたびに（ちょうど私の起きる時間とその時間は、なぜかピッタリと合ってた）、何となく嬉しくなったりもしたんだよ。

2

でも、この際、はっきり言っとくけどね——先に好きになったのは、絶対あんたの方だから。

私はあの運動会の時まで、あんたのことなんて好きでも何でもなかった。親思いの感心なヤツだとは思ったけど、それ以上でもそれ以下でもなかったんだ。実際、同じクラスに好きな子がいたし。

まぁ、正直に言えば、ちょっとだけ意識はしてたかな。でも、それだって、あんたがやたら話しかけてくるようになったからだよ。もしかすると新聞配達の件を他人に話していないか確かめていたのかもしれないけど、二学期からのあんたは、やたらと私に話しかけてきたよね。私も悪い気分じゃなかったけど、あんまり親しげにされるのも、ちょっと困ると思った。

「ねぇ、笹本って、やけにリエに話しかけてくるよね」

「リエが好きなんじゃないのォ？」

女子中学生ってのは本当に食べ物と恋がらみの話が好き——だから妙に積極的なあんたの態度を見て、そんなことを言う子もいたんだよ。

そんな時、まんざらでもないって顔を少しでもしたら、あっという間にウワサになる。だから眉間《みけん》に皺を寄せて、「ちょっと、やめてよォ」って答えとくのが、お約束みたいなものよ。さっきも言ったみたいに本命の子がいたから、変なウワサでも立てられたら、そっちがアウトになっちゃうでしょうが。

だから三年であんたとクラスが別になった時、私は正直ホッとした。本命の彼とも違うクラスになっちゃったけど、とりあえずウワサが立つのは避けられたんだから——それでも、あんたは廊下で行き合うたびに、やたらと話しかけてきた。時にはわざと無視してやることもあったけど、そんな時のあんたは、何だか遠い町で迷子になった小さい子供みたいな顔になっていたわね。

でも、やっぱり、あの運動会はズルいよ。あんたがあんな思い切ったことを口に出したのって、後にも先にも、あの時くらいじゃない？

私たちの中学は、秋ではなくて五月に運動会をしていたものだけど、あんたがクラス対抗リレーの選手に立候補したって聞いてビックリしたわ。だって、あんたは特別足が速かったわけでもないし――第一クラス対抗リレーは、工藤くんがいるクラスが勝つっていうのが、私たちの学年では常識だったでしょ。何せ工藤くんは、当時の都の中距離走の記録を持っていたくらいに足が速い子なんだから。

工藤くんの速さは、本当に圧倒的だった。勝てる人なんて同じ学年にはいないの。だから自分から進んでクラス対抗リレーの選手に立候補するなんて、よっぽどの身の程知らずか、〝参加することに意義がある〟って割り切っている人だけ。出ても負けるのは明らかだったからね。だから別のクラスとはいえ、あんたがリレーの選手に立候補したと聞いた時は、いったいどうしたんだろうって少しだけ心配になったものよ。

その理由がわかったのは、運動会の前の日だった――夕方、あんたは私の家に電話を掛けてきて、突然言ったわね。

「木下さん……明日のリレーで俺、アンカーなんですけど……もし俺が工藤に勝ったら、一緒に『としまえん』に行ってくれませんか」

学校では普通の口調で話すくせに、あの時のあんたは、なぜか敬語になってた。誰から聞いたのかは知らないけど、私の本命が工藤くんだって知ってたんだね。

「いいよ。もし工藤くんに勝てたらね」

あの時、どうしてそう答えたのか、自分でもわからない。あんたが工藤くんに勝つなんて絶対にあり得ないと思ったけど――なぜだか、あんたのやる気を殺ぐようなことを言っちゃいけない気がしたんだ。

次の日、私は自分のクラスの席からリレーの成り行きを見てた。私のいるクラスは早々に大差をつけられて消化試合みたいになってたけど、工藤くんのいるクラスとあんたのクラスは、抜きつ抜かれつのデッドヒートだった。アンカーのあんたにバトンが渡った時は、十メートルくらいリードしていたわね。

「あぁ、笹本じゃダメだよ」

その時、誰かがそう言うのが聞こえたわ。実際、バトンを渡されてからの工藤くんのダッシュはすごかった。十メートル程度のリードなんて、ないも同然。すぐにあんたが追い抜かれて、工藤くんが独走するって、みんな信じていたはずよ。

でも――ちょっとだけ褒めてあげるけど、あの時のあんたも大したものだったよ。だって、あの工藤くんが、なかなか距離を詰められないんだもの。あんたの意外なスピードに驚いているのが、彼の表情にも出ていたわ。

「笹本って、あんなに速かったか？」

思いがけないあんたの善戦に、みんなが沸きあがった。もしかすると毎日の新聞配達で自然に鍛えられていたのかもしれないけど、あの時のあんたは工藤くんに負けていなかったよ。

「笹本くん、がんばって！」

思わず私は叫んでしまったけど――やっぱり工藤くんは強くて、トラックを半分ほど行ったところで追い抜かれちゃったね。その後、必死に歯を剝き出して彼の背中をあんたは追いかけたけど、とうとう逆転することはできなかった。

リレーの後、あんたは本当にがっくり肩を落としてた。もしかしたら泣いていたのかもしれないけど、なぜか水道の水を頭から被《かぶ》って顔中びしょ濡れにしていたから、実際のところはわからない。どっちにしても、そんな姿を見たら、言わないわけにはいかないでしょうが――「としまえん、いつ行く？」くらいのことは。

『としまえん』は今でも人気のある遊園地だけど、あれが私の人生で最初のデートってことになるのかしら？　そうだとしたら、ちょっと悲惨――だって、あんた、ジェットコースターみたいな乗り物が、全然ダメなんだから。

「小さい頃に来た時は、こんなに怖くなかったんだけどなぁ」

手始めに乗ったレインボーっていう乗り物で完璧にまいっちゃって、あんたは青い顔でベンチに腰を降ろして言った。

「そりゃあ小さい頃には、こんなのには乗れないからね」

私は笑って答えたけど、その頃の遊園地は実際、若い人向けにスリリングな乗り物をドンドン増やしていたらしいわ。

「昔、父さんに連れてきてもらった時は、もっとノンビリした乗り物ばっかりだったような気がするけど」

目の前で急降下していくジェットコースターを見ながら、あんたは複雑な表情を浮かべてた。

その流れで、あんたのご両親が小さい頃に離婚してしまったことや、本当は自分はお父さんに引き取られるはずだったのを、妹が心配でお母さんについて来たっていう話を聞いたんだ。

「もちろん、母ちゃんのことだって心配だったよ……うちの母ちゃん、あんまり丈夫な方じゃないからさ」

最初のデートでお母さんの話をする男にロクなのはいないらしいけど、あんたもそのクチかな。

「だから俺、高校を出たら就職して、少しでも母ちゃんを楽にしてあげたいんだ」

たかだか遊園地の乗り物ごときで青い顔をしてるくせに、何を偉そうに言ってんの――そう思った私は、半ば強引にあんたをジェットコースターの列に並ばせた。

「これは、ちょっと……どうせならメリー・ゴー・ラウンドにしない？」

すっかり縮み上がってたあんたは、世にも情けない顔で言った。

「男のくせに、何言ってんの。初めっから怖いと思ってるから、怖いんでしょ。どうしてもダメだったら、楽しいことを考えるようにすればいいじゃない」

「楽しいことって、どんな？」

「好きな子のこととかさ」

反射的に答えたんだけど――我ながら、間の抜けたことを言ったと思う。

私の言葉を聞いたあんたは、オデコを平手で叩かれたみたいに目を大きく見開いたかと思うと、次の瞬間には顔を真っ赤にした。それから二秒遅れて、私も耳が熱くなったんだ。まだちゃんとは言ってもらってなかったけど、デートに誘われるってことは当然、そういうことよね。

「わかったよ。じゃあ、ずっと木下さんのことを考えてる」

何だよ、なし崩し的に告白して――私は思ったけど（ほら、やっぱりあんたが先でしょ、自分がそういう流れを作っちゃったんだから、しょうがない。私も急にあんたの顔が見れなくなって、自分の爪先ばっかり見てた。だから、あの時履いてたスニーカーの色も形も、私はよく覚えてるんだ。

順番が来てジェットコースターに乗ってから、あんたはよくがんばったよ。情けない声なんか上げたりしたら、その程度のヤツかって、私に思われちゃうとでも考えたんでしょ。手の甲が真っ白になるぐらいにバーを握り締めて、一生懸命に歯を食いしばってた。でも、あの時は私もがんばってたんだ。何だか急に、大きい口を開けてるところなんか見られたくない気分になっちゃってさ。唇を嚙んで、ハンズアップもやらずじまいよ。

もう三十年も過ぎたのに――この時のことを思い出すと、私は今でも幸せを感じることができる。あの若かった春の日が、きっと私たちの一つの頂点だったんだね。

3

それから私たちは一緒に過ごすようになったけど、まさか大人になるまで付き合いが続いて、とうとう結婚までするなんて、あんたは思ってた？

正直に言っちゃうと、私はまったく予想していなかった。もっと早いうちにダメになるんじゃないかって思ってたわ。

特に高校一年の夏から、あんたは駅前のスーパーでアルバイトを始めたでしょ？　新聞配達より楽で時給が良かったからだけど、ほとんどの日曜は潰れちゃうことになったわ。平日も週三回は五時半から出勤してたから、ゆっくり顔を合わせられるのは、せいぜい週に二回か三回くらい。せめて電話で話そうと思っても、今と違って携帯なんかなかったから、家の電話を使わなくっちゃなんなくて、家族の手前、せいぜい五分ぐらいで切る——そんなので付き合ってるって言えたのかしら。私も何度か文句を言っちゃったけど、家計を助けるためのアルバイトだと思ったから、あれでも控えめにした方よ。

「じゃあ、リエのこと、母さんと妹に紹介するよ。そしたらウチにも遊びに来られるようになるし、電話だってしやすくなるだろう」

いつの間にか名前で私を呼ぶようになったあんたは、どういう発想なのか今イチわからないけど、いきなりそんなことを言いだして私を家に連れて行ってくれた。そこで私はお義母《かあ》さんと妹の加代子ちゃんと初めて顔を合わせたんだけど、たぶん、あんなふうに家族公認になったのが良かったんだね。あれ以来、お義母さんには何かと相談に乗ってもらったり、料理を教えてもらったり、本当に良くしてもらった。三つ年下の加代子ちゃんはお茶目な女の子で、下の兄弟がいない私には、本当の妹みたいで可愛かった——今から思えば、私はあんたの家族のメンバーに早々に組み入れられたってことだね。

だから、ちょっとケンカしたくらいで別れる切れるなんて話にならなかったんじゃないかな。

危なかった時期があったとすれば、高校を卒業した後、あんたが大手百貨店に入社して、私が短大に通っていた頃だね。お互いの都合が完全にズレまくって、それこそ休日さえ違っていたから(百貨店じゃ、日曜祭日に休むなんてムリ)、簡単に顔を合わせられなくなった。どうにか時間をやりくりしてデートしても、新入社員のあんたは疲れきっていて、遊びに誘うのが後ろめたいくらい。

短期で行ったアルバイト先で、ある大学生に付き合ってくれ……って言われたのは、ちょうど、そんな時。ヤキモチ焼かれても面倒くさいから細かく説明しないけど、毛並みのいい家の子で、なかなかのハンサムだったわよ。あんたが勝っているのは、本当に背の高さと耳の大きさぐらい。まぁ、もし駆けっこの勝負をしたら、あんたの方が速かったかもね。

正直に言うと、かなり心が揺れたのは事実——その人はあんたと同じくらいに優しかったし、短大と四年制の違いはあったけど、同じ学生だから顔を合わせる時間もあった。話も面白いし遊び上手だし、もちろん言わなかったけど、その人の車でドライブに行ったことが何度もあるんだ(でも、あんたが心配するようなことは何もなかったから、変な気は回すんじゃないわよ)。

あの時、私の心はあんたとあの人の間を、行ったり来たりしていた。きっとあんたには、それが見えていたんだね。会うたびに、あんたはことさらに私が好きだって言うようになった。それが何だか辛くて、冷たい態度を取ったこともあったよ。

「仕事は忙しいけど、リエの顔を見たら、疲れも吹っ飛んじゃうよ」

いつだったか、そんなふうに言ったあんたに嚙み付いたことがあったね。確か、『ブルース・ブラザース』を銀座に見に行った帰りだった。

「調子いいこと言って……今だって疲れた顔してるよ。本当は、家で寝ていたかったんでしょ」

「そんなこと、言うなよ」

あんたはムッとして口を尖らせたけど、強い口調じゃなかった。その時も、映画の途中で寝ちゃってたからだ。あの頃のあんたは、本当にいつもクタクタだった。

「今は仕事が忙しくって満足に話もできないけど、俺、リエが大好きなんだ。たとえ一日に五分しか顔が見られなくっても、ずっと一緒にいたいよ」

「少し愛して、長ーく愛して……ってわけ？」

それはウイスキーのコマーシャルに使われていたコピー――お酒ならそれでいいかもしれないけど、人間はそれじゃ気が済まない時もある。

「本当なんだよ。ずっと一緒にいたいんだ。それこそ……永遠に」

「バカじゃないの」

あんたが私の嫌いな言葉を使ったから、こっちもそう言うしかなかった。

そう、あんたも知っているみたいに、私は〝永遠に愛してる〟なんて、簡単に言っちゃうヤツが大嫌いなんだ。

だって、しょせん人間だよ？　たとえ王さまだろうと誰だろうと、人間だったら必ずいつか死ぬんだ。逆立ちしたって、永遠になんて手が届きゃしない。それなのに〝永遠に愛してる〟なんて言えちゃうヤツは、自分は絶対に死なないとでも思ってるバカか、そうでなきゃ平気でウソがつけちゃう恥知らずかのどっちかでしょうが。

「本当だよ。俺は永遠にリエが好きだ」

いきなり思いつめちゃったのか、あんたは目元にうっすらと涙まで浮かべていた。私は何だか意地悪しているような気になって、さすがにそれ以上は何も言えなくなったよ。

私が嫌いなのを知っていて使ったくらいなんだから、あんたはよほど、その言葉を伝えたかったんだろう。もちろん本当にできるかどうかは別にして――その言葉を使うしかないくらいに、私を思っているんだと言いたかったんだね。

だから、私はあんたを許さない。

あれだけのことを言っておいて、何でさっさと空の上に行っちゃうんだよ……私とお腹にいた子供までおっぽってさ。

　私たちが結婚したのは、お互いが二十四歳だった昭和六十二年。あんたはまだ身軽でいたかったみたいだけど、何せ同級生だから、あんたが年を取れば私も同じだけ年を取る。子供も欲しいと思ってたし、どうせなら若いうちに……って、強く勧めたのはお義母さんだ。子供の面倒を見るのは体力勝負だから、早ければ早いほどいいって考えね。まぁ、お互い社会人になって、それなりに時間が過ぎていたから、特別早いってこともないんじゃないかな。例の大学生のことは自然消滅していたから、私には何の異論もなかったし。

　私は短大を出て信託銀行に勤めたけど、世の中はまさにバブルの絶頂期——会社にいた頃は、私も友だちとしょっちゅうディスコに通ったものよ。あんたも店舗販売から仕入れ部門に仕事が変わって、けっこうあちこち飛び回っていたわね。

　私たちはささやかな結婚式を挙げて、お互いの実家からそう離れていないアパートを新居にした。大きな郵便局の近く、小学校のすぐ裏よ。四畳半と六畳に小さな台所のついている新築物件で、近くには大きな公園もあって、なかなかいいところだったわね。

　勤めを続けてもよかったんだけど、生活はあんたの給料だけでやっていけたし、一度は専業主婦っていうのをやってみたかったから、私は銀行を辞めて家に入った。と言っても、広いアパートじゃないから掃除もカンタン、御飯も二人分だったから、けっこう楽させてもらったけどね。

勉強にも働きにも行かなくていい生活っていうのは快適で、できることなら二、三年はやりたかったけど、そうもいかなかった。私は結婚して一年もしないうちに、妊娠したんだ。

「ホントかよ」

子供ができたって言った時、あんたはずいぶん神妙な顔をした。てっきり、よくテレビで見るみたいに、「でかしたぞ!」なんて叫ぶかと思ったんだけど、ちょっと肩透かし。

「何よ、嬉しくないの?」

「もちろん、嬉しいよ。でも……正直言って実感ないんだ。俺が父親になるなんて」

まるでネッシー実在の証拠写真を見せられた学者先生のような顔で、あんたは何度も何度も呟いていた——俺が父親になるなんて。

まったく男は呑気でいいと思ったよ。こっちは悪阻《つわり》で苦しんでいるってのに、変なところで往生際が悪いんだから……それとも、あれがあんたなりの喜びの表現だったのかな。

私のお腹が膨れてせり出してくると、あんたもようやく実感したみたいで、今度は逆に煩《わずら》わしいぐらいにうるさくなった。私が買った赤ちゃん雑誌を隅から隅まで読んで、まだ必要のない哺乳瓶の消毒器だの、大きなミッキーのぬいぐるみだのを、やたらと買って帰るようになったんだ。私の意見を聞かないで買っちゃうもんだから、それがたびたびケンカのタネになったけど、怒っている私の顔を見ても「リエがきつい顔つきになってるから、男の子だな」とか言いだす始末なんだから、もうケンカする気もなくなっちゃう。

「男の子と女の子、どっちがいい？」

「どっちでもいい……どっちだって俺の子供だ。かわいいに決まってる」

私が尋ねると、あんたはいつも胸を張って答えてた。ヒマがあったら名づけの本を開いて、いろいろな名前を考えてはメモして、本当に生まれる前から大騒ぎだった。

そんなにも生まれるのを楽しみにしていたのに――あんたはどうして、赤ちゃんを自分の手で抱くことができなかったんだろう。本当に神さまも仏さまもあったもんじゃない……って思うよ。

会社からの知らせを聞いた時、私はファミコンの『ドラゴンクエストⅢ』をやっていた。

そのゲームは今も続編が作られているけど、第三弾の人気は特に高くて、社会現象にまでなった。発売日の何日も前からお店の前に並んでる人がいたり、手に入れたばかりのソフトを脅し取られた子供のニュースなんかが、うんざりするほどテレビで流れてたもんだわ。

私も西新井の西友に入っていたオモチャ屋さんに予約したけれど、実際に遊べたのは発売から一ヶ月が過ぎた頃だった。あんたの近くでやってるとうるさいから（そんなに根をつめちゃ、お腹の赤ちゃんに良くない……とか、すぐに言ったでしょ）、いつもは昼間にコッソリやってたんだけど、その時はあんたが出張に行っていたのを幸いに、かなり夜遅くまでやっていたんだ。

十一時を回った頃だったかな――ちょっと不思議なことがあったんだ。

『ドラゴンクエストⅢ』のファミコンカセットは、容量の限界ギリギリまでデータを入れたせいで、よく不具合が起こるらしいって話は知ってた。いきなりセーブデータの『ぼうけんのしょ』が消えちゃったり、フリーズ（画面が固まっちゃって、何をしても動かなくなること）することよ。こうなったら潔くリセットボタンを押すしかないとかね。

けれど幸い私は、それまでにそんな悲惨な目にあわずに済んでたんだ。

それなのに十一時過ぎに、いきなりフリーズしたのよ。画面が動かなくなって、BGMもただのブザーみたいな音になって、コントローラーのボタンを押しても、どうにもならないの。

（そりゃないよ）

かなりいいところだったから、私は本当に頭に来た。言ってもわからないと思うけど『ネクロゴンドのどうくつ』をウロチョロしていたあたり。私はカセットを抜いて何度も接続部分を吹いて挿し直したりしてみたんだけど、やっぱり五分もするとフリーズした。そんなことが三回も続いて、私はまた同じことが起こったらオモチャ屋に捻じ込んでやる……って思いながら恐る恐るやっていたんだけど、その後はどうにか普通にできた。もちろんフリーズした理由なんか、私にはわからない。

だから夜中の一時近くに電話が掛かって来た時も、ちゃんと起きてたんだ。

でも、すぐには電話に出られなかった。その呼び出し音を聞いたとたん、いやな知らせの電話だって、なぜだかわかったの——本当になぜだか。

電話は、あなたの会社の人からだった。きっと家より先に、会社の方に知らせが入ったのね。

「乗っていたタクシーが他の車と衝突して、ご主人がケガをされたようです」

何度聞いても、会社の人はそうとしか教えてくれなかった。ただ、迎えの車をよこすから乗ってくださいと繰り返すばかり。けれど後から聞いた話だと、本当はちゃんと知っていたらしいわ……事故は十一時過ぎに起こって、助手席に乗っていたあんたは即死だったってこと。

あのフリーズは、もしかしたら体から抜け出たあんたが、はるばる出張先の静岡から飛んできて、いつまでもゲームをやっている私を怒ったのかもしれないね……まぁ、ただの偶然だろうけど。

ついでに言うと、その後のどさくさでゲームのカセットがどこかに行ってしまったから、結局、私の勇者はラスボスに会うまでもなく静かに消え去ってしまった――あんたと一緒に。

4

チィコが生まれたのは、その年の十二月の半ば。一ヶ月後に平成になったから、ギリギリ最後の昭和生まれってことになるかな。

空に行っちゃった人に言ってもわからないだろうけど、あんたがいなくなった直後は、結構大変だった。さすがの私もしばらく起きられないぐらいにショックを受けたし、そのびっくりがお腹にも伝わって、面倒なことが起こりかけもしたんだ。それでもお義母さんと加代子ちゃんに励まされて、私はどうにかチィコを産むことができた。

チィコの名前は、智恵――ちゃんと、あんたが考えていた名前の候補から取った。でも、チィコって呼ぶことの方が実際には多いよ。顔はどっちかって言うと私に似てるけど、あんたの大きい耳はバッチリ遺伝してる。だから、何となく『ムーミン』のミイに似てるよ。いっぺん髪をひっつめてみたらソックリだったから、写真まで撮っちゃった。あんたがスニフで娘がミイってのも悪くないじゃない？

アニメのミイはけっこう皮肉屋でイジワルなところがあったけど、チィコはどっちかと言うとおとなしい子だった。〝だった〟って過去形で言っているのは、今はやたら明るい女の子（明るすぎるのも問題だな）に成長してくれたからなんだけど、やっぱり小さい時はいろいろあったよ。

あんたがいなくなってから一年くらいは、さすがの私も落ち込んでた。神さまも恨んだし、運命も呪ったし、世の中も憎んだし――生まれたてのチィコを抱えて、泣いてばかりいたよ。世間はまだバブルに浮かれてたけど、完全に別の世界の話だった。

でも、いつまでもそうしてはいられない。あんたの保険は下りたけど、ある程度はチィコの将来のために取っておかなくっちゃいけないから、やたらと使うわけにもいかないでしょ？　そうなると、私が外に出て働くほかにないの。

チィコの一歳の誕生日が来る前に、私は小さな不動産会社で事務員として働き始めた。私の親戚筋が経営していた会社だけど、短大で簿記とパソコンを勉強していたのが幸いしたと思う。チィコは最初のうちだけはお義母さんに見てもらったけど、結局は区立保育園に入れた。お義母さんも自分の生活のために働かなくっちゃいけないし、甘えてばかりもいられないから。

私も自分なりに、精一杯がんばったつもり。

チィコが小さいうちはパートタイム契約だったから（何かあった時、早退させてもらいやすいからよ）給料は少なかったけど、どうにか生活はしていたわ。このへんは、いつか会った時に褒めてもらいたいくらいよ。

でもね……赤ちゃんの頃はどうってことなかったんだけど、物心ついてくると、やっぱり言いだすんだ――「チィコのパパ、どこにいるの」って。

世の中は、どうしたって多数派が大きい顔をするものよ。そこからズレてしまった人間が、少々肩身の狭い思いをさせられるのは仕方ないのかもしれない。でも、私は自分のことなら何でもガマンする自信があるけど、チィコのことになるとダメ――かわいそうで、いじらしくて、胸がかきむしられるような気持ちになるんだ。

テレビをつけると、幸せそうな家族がドライブしている車のコマーシャルが流れる。幼児番組に変えたら、ぬいぐるみのキャラクターが「キミたちのパパは……」なんて話しかけてくる。日曜の公園に行ったら、世の良きお父さんたちが我が子を肩車して歩いてる――そんなのを目にするたびに、私は気が気じゃなかった。チィコが寂しくなってるんじゃないかって思えてね。

これは何も、私の考え過ぎじゃない。好きで空に行ったわけでもないあんたに言うのも、どうかと思うけどね――ほかの子がお父さんといるところを見て、チィコがうらやましそうに指をくわえているのを、私は何度も目にしてるんだ。あんなに小さくっても、自分が持っていないものを欲しがるせつなさは大人と同じなのね。

もちろん、あんたのことは教えたよ。中学生の頃から仕事をしておばあちゃんを助けるような優しい人で、駆けっこの得意なパパだったんだよって。

でも、うちにあるのは写真ばかりだから、どうしても小さい子にはピンと来なかったみたい。あんたが亡くなる少し前、赤ちゃんの成長記録用にビデオカメラを買おうって話した覚えがあるけど、無理してでも先に買っておけばよかった……とつくづく思った。それで動いているあんたを撮っておけば、チィコもあんたに会えたのに。

私に再婚話が舞い込んできたのは、チィコが四歳の頃よ――勤めている会社の取引先の人が、いきなり社長を介して申し込んできたの。

その人は、けして悪い人じゃなかった。年が一回り以上離れていたけれど、優しそうで物わかりが良さそうだったし、もちろん経済力もそれなりにある。前の奥さんとの間に子供がいたけれど、すでに行き来はなくて、チィコの父親になってもらう分には何の支障もないらしかった。

さっきも言ったけど社長は親戚筋だから、その話は私の両親に筒抜けになった。二人ともすっかり乗り気になって（悪気がないのは、わかってあげて。両親にすれば、私が一人で年を取っていくのが心配なだけなんだから）、やたらと説得にかかってきたわ。私のためにもチィコのためにも、逃しちゃいけない話だって何度も繰り返してた。

「リエちゃん、気にしないで再婚していいのよ」

その話が伝わったらしく、お義母さんまでそんなことを言ったわ。

「あなたはまだ若いんだから、私たちに変な気を使うことはないの。それに今ならチィコちゃんも、その人のことを本当のお父さんだと信じられるでしょう」

四歳は十分に記憶が始まっている年だから、それはどうかと思ったけど――お義母さんの気持ちを思うと辛かった。

あんたは、私がどうすれば良かったと思う？

たぶん私とチィコの幸せのために、その話に乗った方が良かったって言うだろうね。私も生活の心配がなくなるし、チィコにもお父さんができる。うまくいけばお義母さんの言うとおり、チィコはその人のことを本当のお父さんだと信じるかもしれない。

でも――どうしても私は、すぐに首を縦に振ることができなかったんだ。永遠に私が好きだと言ってくれた時のあんたの目の光が、まだ私の中に強く残っていたから。

5

「ママ、昨日の夜は楽しかったね」

そんなことをチィコが言いだしたのは、きれいに晴れ渡った五月の朝のことだ。

「昨日の夜って……あぁ、絵本のこと？」

忙しく保育園に行く支度をしながら、私はいい加減な返事をした。前の日の夜のことを思い出しても、特別に楽しいことをした覚えもなかったからだ。いつもどおりの時間にお風呂に入り、いつもどおりの時間に寝かしつけ——あえて違う要素があるとすれば、新しく買った絵本を読み聞かせしたくらい。

(子供はいいわね……呑気で)

実際、前の夜の私は楽しいどころじゃなかった。そろそろ返事が欲しいと先方に言われて、かなり遅くまで悩んでたから——それでも心が決められなくて、目覚めてからも気持ちはすっきりしていなかった。

「絵本じゃないよ。夜なのに、公園に遊びに行ったでしょ」

「公園？」

あぁ、きっと夢を見たんだな——私はすぐに思ったよ。小さい子供は、よく夢と現実をごっちゃにしちゃうもんだわ。

「それは夢だよ。だってママ、公園なんか行ってないもん」

「夢じゃないよ。いっしょにパパに会いに行ったじゃない」

「パパ？」

手早く化粧に取り掛かっていた私は、思わず手を止めてチィコの方を見た。

「昨日、パパと会ったの？」

「ママも一緒だったでしょ……ママ、パパにダッコしてもらってたじゃない」

いったいチィコはどんな夢を見たんだろう。きっと他愛のないものに違いないけど、私はその中身が聞きたくなった。

「パパって、どんな人だった？」

「あの人でしょ」

私が尋ねると、チィコはタンスの上に置いてあるあんたの遺影を指さして答えたよ。

「でもパパって、すっごく大きいんだね。チィコ、びっくりしちゃった」

「そりゃ、背は高かったけど……本当にパパ？」

「パパだよ。だって自分で言ったもん……はじめまして、僕がチエちゃんのパパですって」

本当にあんたが言いそうなセリフだと思いながら、私はチィコに夢の中身を教えてもらった。何だか聞いているだけで嬉しくなってくるような話だったから、家を出なくちゃならない時間が迫っているのも忘れて、つい聞き入っちゃったわ。

何でも前の日の夜、眠っているチィコを私が起こして、こう言ったんだって――『これからパパがお空から帰ってくるから、会いに行こう』。

チィコは眠い目を擦って服を着替え、私と手を繋いで近くの公園に行った。真夜中だから公園には誰もいなくて、空にはきれいな月が浮かんでいたらしい。実際の空を私は見ていないけど、その朝の晴れ方を考えれば前の日の夜空も晴れていて、もし出ていれば、月もきれいに見えただろうね。

郵便局の近くの公園は、あんたも知っているとおり、かなりの広さよ。フェンスに囲まれた野球のグラウンドや小さな森があるけど、私とチィコは曲がりくねった道を歩いて広場に出たんだって。

『ほら、パパが来た』

しばらく広場の真ん中で待っていたら、急に私が空を指さしたそうよ。その指の先をズーッと伸ばしていくと、夜空に背広姿の男の人が浮かんでいたんだって。まるで何もない空に、立っているみたいな感じで。

『スニちゃん、ここ、ここ』

そう言いながら私が手を振ると、浮かんでいた男の人は静かに降りてきたらしいわ。

ご丁寧に手にはカバンまで提げていたそうだけど、何が入っていたのかしら。

『やぁ、はじめまして。僕がチエちゃんのパパです』

空から降りてきた男の人は背中をかがめて挨拶したかと思うと、いきなり片手でチィコを抱き上げた。

『うわぁ、可愛い子だなぁ。チエちゃん、とっても会いたかったよ』

男の人は何の遠慮もなくチィコに頬ずりした。その時ヒゲがチクチクするのを、チィコはちゃんと感じたって言ってたわ。四歳の子供の割には、ずいぶんリアルなことを言うなぁ……って私は思った。

それから男の人は、もう片方の手で私を抱き寄せて、同じように頬ずりしたんだそうだ。それを聞いた時、私は額のあたりがくすぐったくなったような気がしたわ。

それから男の人は、いろんなことをチィコに話したそうだ——幼いチィコには全部覚えきれなかったらしいけど、『パパは、とってもとってもチエちゃんが好きだよ』と言われたのと、『大きくなったら、ママを助けてあげてね』と約束したことだけは、しっかり覚えているらしい。

「良かったね、チィコ。それはきっと本当のパパだよ」

チィコの話を一通り聞いた後、私は言った。もちろん心の中では、ただの夢だってわかってた。きっとチィコはパパが欲しいと思うあまり、そんな優しい夢を見たんだろう。

でも、それこそ子供の夢を、わざわざ壊す必要なんかない。

「じゃあ、そろそろ行こうか……ママ、会社に遅れちゃう」

そう言ってカバンを持って玄関に向かった時だ――ふと思い当たって、私はもう一度チィコに尋ねた。

「チィコ……昨日の夜、ママはパパのこと、何て呼んでたって？」

「スニちゃん」

その無邪気な言葉が、私の首筋を撫でたような気がしたわ――確かに私はあんたを〝スニちゃん〟と呼んでいた。もちろんスニフから取ったんだけど、ちょっと恥ずかしいから、二人の時以外には絶対に使わなかったのに。

（どうしてチィコが、それを……）

もしかすると、お義母さんや加代子ちゃんあたりから聞いたのかもしれない。あの二人なら、あんたから聞いて知っていてもおかしくないはずだから。

ほかに何か覚えていないか、私は少し強い口調でチィコに聞いた。秘密のアダ名を知ってたことで、チィコの話が急に生々しく感じられたからよ。

「あのねぇ……何か僕に聞きたいことがあるかいってパパが言ったから、チィコ、聞いたの。あんなに高いお空の上から降りてくる時、怖くないのって」

「そしたら、何て言ったの？」

「好きな人のことを考えていたら、怖くないんだよって」

あぁ、間違いない――それは中学の頃、私自身があんたに言った言葉だ。

(まさか……本当に?)

玄関先に立ったまま、私は考えた。

チィコが見たものは夢であって夢じゃない。きっと本当に、あんたに会ったんだ。あんたは本当に空の上から降りてきて、この世では抱けずじまいだった自分の子供を抱きしめていたんだ。

そこに私もいたらしいけど、私の中には何も残っていないのが悔しかった。チィコの夢に出た私はすべてを知っているようなのに、現実の私はまったくの蚊帳《かや》の外だ。あるいは、それも私であって私じゃないのだろうか。

「チィコ……パパとママ、ほかにどんなことを話してた?」

私は玄関にしゃがみ込んで、四歳の子に話の続きをねだった。

「ママの好きなようにしなさいって」

きっと再婚の話を受けるかどうかのことだろう。

「ほかには、何か話してた?」

「えーっと……いっぱい、楽しかったって」

「ほかには」

チィコは困ったように首を捻ったけれど、私は聞くのを止めることができなかったよ。

「ねぇ、パパ、何て言ってたの」

「もう覚えてないよぉ」

チィコがベソをかき始めたので、ようやく私は我に返った。その後、何だか一緒にベソをかきたくなって、とうとう玄関先で声をあげて泣いてしまったんだ。


結局、私は再婚の話を断った。

もったいないことをしてしまったのかも知れないけど、それから十五年近くが過ぎた今でも、一度も後悔したことはない。空から降りてきたあんたは好きなようにしろと言ったらしいから、その言葉に従わせてもらったまでのことだ。

ついでに言うと、このチィコの夢の話を、ずっと後になってからお義母さんに話したことがある。やっぱり目元を潤ませながら黙って耳を傾けていたけれど、すべてを聞いた後で、お義母さんはこう言ったよ。

「私の従兄弟にも、一度も会わないまま戦争で死んでしまったお父さんに、夢の中で会ったって言っていた人がいたよ。もしかすると、この世で一度も会う機会の持てなかった親子は、そんなふうに不思議な形で会わせてもらえるのかもしれないね」

そう言って静かな笑みを浮かべたものの、いったい誰が、そんな美しい出会いの場を作ってくれるのかまでは言わなかった。きっと誰でもいいことなんだ――ただ、そんな結びつきが確かにあるという事実だけで十分なんだから。

チィコも今は十八歳になった。

私に似ていると思った顔が、大きくなるほどあんたに似てくるのは微妙な心持ちだけど、中学で始めた短距離走で頭角を現し、この春からは推薦枠で入学させてもらった大学でオリンピックを目指す……なんて言っているのを聞くと、親バカと知りつつも嬉しくなる。ここまで大きくするのには苦労もあったけど、過ぎてしまえば楽しい苦労だった。

「あぁ、また『空のひと』が会いに来てくれないかな」

ときどき、小学校から始まったあんたとの思い出を話してあげると、目を輝かせて話を聞いた後、チィコは必ずそう呟く。そう、実は私とチィコの間では、あんたは『空のひと』っていう呼び名になってるんだ。あの子は四歳の時の不思議な出来事を、今でも鮮明に覚えているらしい。

「今度はいつ会えるかわかんないけど、大丈夫。ちゃんと『空のひと』は、チィコのことを見守ってくれてるよ」

「それを言うなら、私よりもママを見守ってるんじゃない？　何せ永遠に一緒にいたいって言ったんでしょ、『空のひと』は……ちょっとイタいですなぁ」

「こら、大人をからかうな」

まったく、娘にまで冷やかされて——あんたらしいと言えば、あんたらしいんだけど。でも正直に言うと、あの若い日、映画の帰りにあんたが言ってくれた言葉を、最近の私は何となく信じる気になってる。そう、あの永遠に何とか、というやつ。

しょせん〝永遠〟なんて人間の手には届かないものなんだろうけど——『空のひと』になら届くのかもしれないからね。

虹とのら犬

梅ヶ丘を過ぎたあたりで電車の窓に雨の筋が走り始め、成城学園前で降りる頃には土砂降りになっていた。改札を抜け、南口側に歩いたところで私は足を止める。

まもなく八月も終わろうというのに、この雨の激しさはどうだろう。まさしく滝のようだと言う他ない。休日出勤を少し早く切り上げたら、この有様だ。

（どうしたものかな）

空を見上げるとビルとビルの間に、パズルのピースのような形の灰色の雲が流れている。時計はまもなく、六時を指そうとしていた。

自宅までは、徒歩で十二、三分ほどだ。近くを通るバスは何本かあるが、バス停は中途半端な場所にあり、降りてから雨の中を歩かなければならないことには変わりない。

タクシーで帰るくらいなら、コンビニエンスストアでビニール傘を買った方が安く済むだろう。けれど、そうする覚悟が今一つつかないのは、あまりに雨が激しいこと（たとえ傘を差しても、腰から下はびしょ濡れになってしまうに違いない）と、雲の流れが見るからに早いことだ。ほんの十分か二十分で、気まぐれな豪雨は過ぎ去ってしまうように思える。

（少し、待ってみるか）

近くには雨宿りにうってつけのコーヒースタンドもあるが、私は駅の入り口の端に立って時間をつぶすことにした。

こんな余白のような時間を持つのは、久しぶりだ。

はじめの数分は、仕事のことばかりが頭の中を駆け巡っていた。遅れているスケジュールを取り戻そうと休日出勤したのに予定より進まなかった悔恨や、明日の打ち合わせの準備が十分でない不安など、今考えても仕方のないことばかりが思い浮かぶ。けれどアスファルトに叩きつけられる雨を眺めているうちに、不意に別の光景が見えてきた。

人気《ひとけ》のない寺の境内に激しい雨が降り注いでいる光景だ。あたりに人影はなく、ただ雨と土と緑の混ざり合った匂いが周囲に立ち込めていた。

それは間違いなく私の幼い日の記憶――今よりずっと孤独で行き場のなかった少年時代、家の近くの寺の軒先で雨宿りしながら見た光景である。おそらくは夏の雨の匂いが、遠い記憶を呼び覚ましているのだろう。

その記憶をたぐるうち、連鎖反応のように一人の少女の笑顔が胸の奥に甦る。小学生の頃、同じクラスにいた渡部薫子――自分の名前さえ漢字で満足に書けない彼女は、たちの悪いクラスメイトに悪辣《あくらつ》ないじめを受けていた。子供なら誰でもする失敗をあげつらわれ、人格を傷つけるようなアダ名までつけられていた。

そう聞けば、誰もが彼女を哀れな少女だと思うことだろう。けれど彼女自身は、けして自分をそんなふうには思っていなかった。どんなにいじめられても、いつもニコニコと笑い、他人に優しかったのだ。

私は彼女に救われた。あの十歳の夏に彼女がいなければ、その後の私は、きっと道を踏み外していたに違いない。そう、彼女は教えてくれたのだ。のら犬のような心しか持っていなかった私に、美しい虹の匂いを。

1

幼い頃の辛い思い出を語るみっともなさは、心得ているつもりである。

子供の時には誰もが多少の痛い目にはあっているだろうし、口に出したくもない経験をしているものだ。自分だけがそんな日々をくぐり抜けてきたような顔をするのは、恥の極みである。ましてや私のような中年の域に達した男が語るとなれば、見苦しいことこの上ない。

けれど、あえて恥を忍んで言うなら——私は世の中に数多くいる、恵まれない幼年期を過ごした人間の一人だった。少なくとも家は安らぎの場所ではなく、私は十歳に満たない頃から、出て行くことばかり夢想していた。

私が少年時代を過ごしたのは、東京の荒川区である。

常磐線の三河島駅から十分ほど西に歩くと小さな商店街があり、そのはずれにある美容院と棟続きのアパートに暮らしていた。生まれたのは曳舟なのだが、家族が増えたことでそれまで住んでいた部屋が手狭になり、三河島に越したらしい。父は上野の大きな靴屋で働いていたので、通勤の都合も良かったのだろう。

ずっと昔、そのアパートに越してきたばかりの頃の写真を見たことがある。見覚えのある美容院の植え込みの前で、まだ二歳くらいの私を抱いている若い父と、その傍らに寄り添うようにしている母が写っていたが、二人とも満面の笑みを浮かべて幸福そうであった。二人に釣られたように幼い私も大きな口を開けて笑っていて、それこそ写真屋の店先に撮影見本として飾ってもいいくらいに、明るい雰囲気に満ちた写真だった。

父が勤め先の若い女性の元に走ったのは、私が五歳になったばかりの頃だったと思う。詳しいことは覚えていないが、突然に父が家に戻ってこなくなり、母に手を引かれて何度か勤め先近くまで行った記憶がぼんやりとある。帰りに上野公園でアイスクリームを食べさせてもらったと思うが、暗い表情の母に何も言うことができず、私は伸び縮みする噴水の先端を眺めているばかりだった。

取り残された母は少々常軌を逸した精神状態になり、その頃から私の孤独は始まった。もちろん母も、初めから私を疎んじていたわけではなかったと信じたい。ただ一度、私が家の近所で遊んでいる時に父が不意に現れ、母には内緒で駅前の喫茶店でチョコレートパフェを食べさせてくれたことがあった。その時、件《くだん》の若い女性も一緒で、私は彼女に小さな怪獣のおもちゃをもらった。それを家に持ち帰って遊んでいるのを母に見咎められ、父とその愛人に会ったことがばれてしまったのだ。

母はそれを私の裏切りだと感じたようだった。以来、かつてのような笑顔を私に向けてはくれなくなり、いつも眉間に皺を寄せた、寄る辺ない表情だけを浮かべるようになった。

「どうして、こんな子を産んじゃったんだろう」

何かで叱られた折、私を罵る母がそんな言葉を口走ったことがある。

きっと母も言い過ぎたことに気づいていたはずだが、訂正したり謝ったりしてくれることはなかった。あるいは本心から出た言葉だったのかもしれない。父は心の赴くまま自らの情に走ったのに、自分は子供を押し付けられたので、それもできない……とでも思っていたのだろうか。

けれど、そんな一言が就学前の幼児にはどれだけ応えることだろう——自分で言うのは気恥ずかしいが、それまでの私はむしろ甘えっ子であった。行楽に出かけた時には必ず父に肩車してもらったし、寒い夜は隣の母の布団に潜り込み、冷えた爪先を柔らかな脚で暖めてもらったものだ。けして裕福な暮らし向きではなかったが、私は十分幸せだった。

父が家を出たことで、そのすべてが失われてしまった。

肩車で見た空は手が届きそうなほどに近かったが、いつのまにか果てなく遠いものになった。母の布団は世界でもっとも暖かな場所だったが、自分の布団との間にある数センチの谷間が超えられなくなり、私はいつの頃からか身を丸めて眠る癖がついた。

そういえば小学校に入学する年になった時、父が新品のランドセルを送ってくれたことがある。取り引き先で鞄を扱っているところがあり、その伝《つて》で高級品を安く手に入れたらしい。けれど、その時にはすでに母は別のランドセルを用意していた。父の送ってくれたものに比べると明らかに粗悪な品物だったが、母はその二つを私の前に置き、どちらで学校に行きたいかと尋ねた。子供なりに考えて母の用意したものを指さすと、なぜか思い切り頬を張られた。母の顔色を窺いながら恐る恐る父の送ってくれたものを指さすと、再び頬を張られ「お前なんか死んじまえ！」と罵られた。母は、すでにかつての母ではなかった。

大人になった今は、その時の母の心をあれこれと斟酌《しんしゃく》することもできる。きっと父の裏切りが、母の中のいろいろなものを壊してしまったに違いない。もともと気位の高い人だったので、自分が棄てられた立場であるのも我慢ならなかっただろうし、生活のすべてが自分の肩にのしかかってきたことも心労の種だったはずだ。あの頃の母は、疲れ切っていたことだろう。

そんな母と暮らすうち、私はかなり早くから、自分が余計者であると考えるようになった。

母の荷物を少しも軽くしてやれないばかりか、むしろ苦痛を与える存在――しかも、いわゆる鎹《かすがい》にもなれない子供である（どうして母は、私も同じように父に棄てられたのだと考えてくれなかったのだろうか）。そんな自分は愛されなくて当然だと、誰に教わるでもなく私は考えるようになった。その気持ちを言葉にする力はなかったが、心のずっと深いところで感じていたのは確かだ。

やがて私は小学校に入学した。

幼稚園にも保育園にも行っていなかった私は、初めての集団生活が楽しくてならなかった。それまでの遊び相手と言えば、同じアパートに住んでいた同年代の子供だけだったので、友だちが増えたことが単純に嬉しかった。

母は近くのプラスチック成型工場に勤めに出るようになり、私はいわゆる〝鍵っ子〟になった。もっとも当時住んでいたアパートの鍵は安っぽいもので、空き巣狙いがその気になれば、金具ごと外してしまえたに違いないが——それでも鍵を持たされたことが、私にはちょっとしたプライドだった。つまりそれは、ちゃんと家族の一員である……と認められているようなものだったのだから。

一年生の頃は、特に問題なく過ごせたと思う。

父譲りの恵まれた体をしていた私は体育が得意で、足もクラスで一、二を争うほど速かった。小学校の頃というのは、ただそれだけでクラスのリーダー的役割を務めることができるもので、私は家で小さくなっている分、学校では伸び伸びしていた。毎日学校へ行くのが楽しく、夏休みや冬休みが苦痛に思えたほどだ。

私が群れから離れてしまったのは、小学二年の秋のことである。

あの出来事さえなければ、学校は私にとって楽しい場所であり続けたに違いないが、いったいどういう巡り合わせなのか——悪い運命というものは、不幸な人間をこそ狙い撃ちしているように思えてならない。もっとも私がもう少し賢ければ、回避できたはずだとも思うが。

そもそもの始まりは、公園で同じ小学校の一年生の子と知り合ったことである。

今はどうなのかわからないが、昔は子供同士の垣根が低く、まったく面識がなくても同じ公園にいれば一緒になって遊んだものだ。その子とも、たまたま荒川区役所の児童公園で居合わせただけの繋がりである。

彼は茶目っ気のある面白い子で、私は大いに気に入った。彼も同じらしく、私と一緒に公園の中を駆け回りながら、とても楽しそうにしていた。やがて夕方になって家路についたが、彼の家は私の住むアパートの近くだとわかり、私たちは手を取り合って喜んだ。学年こそ違うが、いい友だちになれるとお互いが思った。

「ちょっとだけ、上がっていかない？」

家の前まで来ると、名残惜しげに彼は言った。何でもミドリガメを二匹飼っていて、それを私に見せたいのだという。まだ母が帰ってくるまでには間があったので、私はその言葉に甘えて、彼の家に上がらせてもらうことにした。

彼の家は二階建ての大きな住宅で、一階の端に彼と四年生の兄の部屋があった。私が上がらせてもらった時には、居間でテレビを見ている祖母以外には誰もいなかった。

「そうだ、チョコレートあげるよ」

小さなカメを水槽から出して遊んでいると、突然彼は言った。人に物をもらってはいけない……と普段から母に言われているので反射的に断ったが、彼はお構いなしに私を台所に連れて行った。

「僕んち、チョコレートいっぱいあるんだ」

彼が茶だんすの引き違い戸をあけると、よくお菓子屋さんで見るような一ダース入りのチョコレートの箱があった。おそらく子供たちのおやつ用に箱買いしているのだろう。私にとってお菓子は、食べるたびに買いに行くものだという認識しかなかったので、とても贅沢だと思った。

その箱から一枚チョコレートを取ると、彼は私に差し出した。私は強く固辞したけれど（母に見つからないよう、隠しておく自信がなかったのだ）、友だちになった印だと言われては受け取らないわけにはいかなかった。

それが思いがけないトラブルを招いたと知ったのは、あくる日の学校でである。

授業を終えて帰りの挨拶を済ませた後、担任の先生が私に少し残るように……と言った。私は何ごとかと思ったが、言われるままに自分の席に腰掛け、みんなが帰っていくのを見送った。やがて教室が無人になると先生は私の前の席に腰を降ろし、前日に誰とどこで遊んだかと尋ねてきた。当然、私はありのままを話した。

その時の私の担任の先生は、度の強い眼鏡をかけ、七三分けの髪の後頭部がかなり薄くなっている中年男性だったが、授業中に冗談を連発する人気者だった。もちろん私もその先生が好きで、陰で誰かが先生の悪口を言うと、いちいち注意したりしていたほどだった。

先生はうなずきながら私の話を聞いていたが、公園の帰りに一年生の子の家に上がったという段になって急に目つきが険しくなった。そしてチョコレートをもらった……と言った時、先生は、冷たい口調で言い放ったのだ。

「おい、ウソつくなよ。そのチョコレートは、もらったんじゃなくて盗んだんだろう」

どうしてそういうことになるのか、私にはまったく理解できなかった。もしかしたら先生は、ふざけているのかもしれない……と思ったくらいだ。

「お前が帰った後、チョコレートが一枚なくなってるって、その子のお母さんが言ってるんだよ」

話が進むにつれて、ようやく私にもわかってきた——どうやら一年生の子の母親が、私がチョコレートを盗んだと先生のところに捻じ込んできたらしい。私は躍起になって抗弁した。

「でも、一年の子は、あげてないって言ってるぞ」

話の途中で先生の口から出た言葉に、私は愕然とした。

おそらく私が帰った後、家に戻ってきた彼の母親が、チョコレートが一枚減っているのに気づいた。当然、一年生の子にどうしたのかと尋ねるだろう。もしかしたら、その口調は厳しい詰問調だったのかもしれない。彼はとっさに白を切る。けれど母親はなおも追及してきて——苦しまぎれに、彼は私が盗ったとでも言ったのだろうか。

「僕は絶対に、そんなことはしていません」

あの時の私は、子供なりにがんばったと思う。けれど先生の耳には届かなかった。後で知ったが、彼の母親はＰＴＡの副会長だった。

「ここに〝自分が盗った、もうしません〟って書いたら、帰っていいよ」

涙を流して訴える私の目の前に、先生は一枚のわら半紙を差し出して言った。おそらく今なら、八歳の子供にそんな念書を書かせたら問題になるだろうが、当時は先生の存在は絶対的なものだった。

私はさんざんに泣いて、結局は書かざるを得なかった。母には言わないでおいてくれる……という言葉に負けたのだ。今なら思う——あの時、先生の目の前でわら半紙を破り、紙ふぶきにして撒き散らしてやるべきだったと。

2

家にカメラがなかったので、私の少年時代の写真は数えるほどしかない。

特に小学校の頃のものはわずか数枚で、その中でもっとも古いものは小学三年の春、遠足で所沢にあったユネスコ村に行った時の集合写真である。当時のクラスメイトが名物の風車をバックに行儀よく並んでいるものだが、そこに写っている私は、すでに〝のら犬の目〟をしている。

当時の子供は写真馴れしておらず、たいていは妙に生真面目な表情で写っているものだが、私の顔は少し違っている——まだ十歳にもなっていない子供だというのに、カメラに向かって睨みつけているのだ。母と同じように眉間に皺を寄せ、誰かを威嚇《いかく》するかのように。

しかも最後列の一番左に立っているが、ご丁寧に周囲から体一つ分の隙間を空けている。まるでここにいることが、場違いだと思ってでもいるかのようだ。

この無意味な距離が、当時の気分をよく表しているような気がする。私はその頃、すっかり学校が嫌いになっていて、クラスメイトの中にいるのが苦痛だったからだ。

言うまでもなく、小学二年の時の冤罪は私の心に暗い影を落とした。

自分のことなど誰も信じてくれないのだ……と心根はヒネ曲がり、向こうの言い分ばかりを認める先生に失望した。また泣きながらとはいえ、やってもいない盗みの反省文を書いてしまった自分にも嫌気がさした。

その傷だけならば、いつか時間がいやしてくれたかもしれない。私にはいい友だちがいたし、区役所の公園で走り回って遊んでいれば、多少の嫌な記憶は頭から出て行ってくれるものだ。

けれど、ある出来事が私と友だちとの間に大きな溝を作ってしまった。

そのきっかけは、チョコレートの件がクラス中に広まってしまったことだ。例の一年生の子の兄が、私のクラスのある少年と顔見知りだったのである。人の口に戸は立てられぬもので、そこから漏れ出た話が、あっという間にクラスメイトの知るところになってしまった。

無実を信じてくれる友だちもいたが、中には私を快く思っていないグループもあって（子供はやたらと対立したがる。自分の縄張りを広げ、確保したいという本能のようなものかもしれない）、彼らは何かにつけて、その話を持ち出して私を貶《おとし》めた。たとえば、鉛筆だの消しゴムだのを机の上に置いたまま席を離れようとする子がいたりすると、チラリと私の方を見た後、こう叫ぶのだ――おい、ちゃんとしまっといた方がいいぞ。この組にはドロボウがいるからな。

初めのうちこそ私も聞き流していたが、ある時、とうとう堪えきれなくなって手を出してしまった。それまで本気でケンカしたことなどなかったのに、三人を相手に教室で大立ち回りをしたのだ。

今思えば相手が複数だったのが、大きな意味を持っていたと思う。一対一なら手加減もするかもしれないが、相手が三人となれば、気を抜けば逆にやられてしまう。私は追い詰められた気持ちで戦わざるを得なかった。全力でぶつかって、顔だろうが腹だろうが、とにかく当たるところに拳や蹴りを入れるしかない。

結果は大勝利だった。友だちが呼んできた男の先生に体を押さえられるまで、私は三人を徹底的に叩きのめした。彼らは泣きながら許しを乞い、その言葉が私を酔わせた。

（なんて簡単なんだ）

その時、気づいてしまったのだ――暴力による解決がとても手っ取り早く、気分のいいものだということに。

それからの私は、以前と比べものにならないくらい短気になった。ジメジメと我慢するくらいなら、力に物を言わせてしまった方が早いと悟ったせいで、少しでも気に入らないことがあると暴れるようになったのだ。そうすることで誰も逆らわなくなるのは気分が良かったし、恫喝《どうかつ》して人を黙らせた後は、自分が偉くなったような気がした。

以後のことは、語る必要もないだろう。

それまで親しかった友だちは去っていき、私は学校でも孤独になった。三年生に進級してクラス替えがあったが、私は新しいクラスにまったく馴染まなかった。クラスメイトは私を嫌っていたのだが、私はそうとは思わず、みんなが自分の力に恐れをなしているのだ……と考えていた。それはあの頃の私には気分のいい錯覚で、家庭で小さくなっている分、学校では好き放題に振舞うようになった。

だからユネスコ村での記念写真の私は、大いに勘違いした愚かな少年ということになる。大人になった今見るには、いろいろな意味できつい写真だ。

けれど私はこの写真が大好きで、子供の頃から大切に持ち続けている。なぜなら――

私から四人置いたところで、渡部薫子が笑顔を浮かべているからである。もっとも眉尻がハの字に下がり、一重瞼の目が糸のように細められている表情は、笑っているというより、どこか困っているようにも見えるのだが。

渡部薫子とは三年の時に初めてクラスが一緒になったが、以前から存在だけは知っていた。彼女にとっては名誉な話ではないのだけれど、学年でもっとも勉強のできない子として有名だったからだ。

見る限りはごく普通の――いや、むしろ可愛い少女だったと思う。背が低く、少しポッチャリしている体型も手伝って、どことなく愛嬌があった。

けれど彼女は、小学三年になっても自分の名前が漢字で書けなかった。『渡』と『薫』という文字が苦手らしく、どうしても似て非なるものになってしまうのだ。また、二ケタの足し算と引き算が満足にできなかった。掛け算・割り算ともなれば、計算の意味そのものを理解していない節さえあった。九九は普通に言えたようだが、何かの呪文のように丸暗記していただけだろう。

どうやら彼女は、軽度の知的障害を持っていたらしい。ただ、その程度がとても微妙で、普通学級で勉強するか、いわゆる特殊学級（今では特別支援学級と言うらしいが）で勉強するか、ちょうど境界線のような位置にいたのだそうだ。けれど、そんなことが当時の同級生にわかるはずもない。

薫子は早い時期から、クラスでいじめられていた。名前をもじって〝アホる子〟と呼ばれ、触るとバカが伝染するとも言って、誰も彼女に近づきたがらなかった。ついには彼女の触ったものは〝アホる子菌〟に感染したものとされ、みんなで忌み嫌ったりしていた。

三年で同じクラスになった時も、彼女への不当な扱いは続いていた。それまでろくに薫子のことを知らなかった子も、あっさりと尻馬に乗っていじめに参加したのだ。

私が見る限り、それを止めようとか、彼女を庇《かば》おうとする子はいなかった。何か口出しすれば、次の瞬間から同じような扱いを受けてしまう恐れが生じるからだ。特にそれが男の子だったとしたら「おまえ、アホる子が好きなんだろう」と言われ、勝手に恋人同士と認定されてしまう。その頭の悪さにはウンザリしてしまうが、小学生はそんなものだ。

そんな扱いを受けていたのに、薫子はいつも明るかった。

絶えず笑みを浮かべ、自分が不当な扱いを受けていることに気づいていないかのように、ごく普通に人に話しかけた。近くの席の子が筆箱を忘れたりすると、進んで自分の鉛筆を差し出し、その好意に「おめぇの鉛筆なんか触れっかよ」という罵声で返されても、しょげかえる様子も見せなかった。もしかすると彼女の中には、怒ったり人を恨めしく思ったりする回路がないのではないか……と、それを見ていた私は思ったものだ。

3

今はあまり目にしなくなったが、私が少年の頃には、当たり前にのら犬がいた。彼らは小さな家の建ち並ぶ路地や商店街の雑踏に不意に現れたかと思うと、それぞれの方法で食い物にありつき、その日のうちにどこかに消えていくのが常だった。

のら犬は二種類に分けることができる——愛想よく人に媚びて生きる犬と、人を避ける犬だ。

前者は少しでも構ってくれそうな人間がいると、それを素早く見抜いて千切れんばかりに尾を振り、寝転んで腹を見せたりする。そうすることでエサをもらい、あわよくば飼ってもらおうとしているのだ。町を徘徊しているのら犬といえば、圧倒的にこちらのタイプが多かったのではないかと思う。

後者の場合は、過去によほどひどい目にあったのか、人間の姿を見ると逃げてしまうか、逆に吠えかかってきたりする。この種の犬はおそらく長生きできないのだろう、めったに見る機会はなかったが、たまに目にすると私は悲しくてならなかった。彼らの多くは首輪を付けており、かつてはどこかの飼い犬だったと察せられたからだ。彼らは何らかの理由で飼い主に棄てられ、人間不信に陥っていたのだろう。

どちらののら犬も、私は好きではなかった。

行く当てがあるのかないのか、ふらふらと町の中をあるいている彼らの姿が、どうしても自分に似ているような気がしたからだ。もしかすると、近親憎悪に近い感情だったのかもしれない。

そう、私も行く当てのない子供だった。身から出た錆とはいえ、一緒に遊べるような友だちもおらず、家にいることも苦痛となれば、町をさまようほかに時間を潰す手立てはなかった。放課後の私はのら犬そのままに、駅前の商店街や区役所の公園など、あちらこちら歩き回ってばかりいたものだ。

けれど『犬も歩けば棒にあたる』とはよく言ったもので——あの出来事に出会うきっかけになったのも、当てなく歩いていたからこそであった。

それは小学四年の夏休みのことだった。いつもなら工場に働きに行っているはずの母が家にいたので、おそらく日曜日だったに違いない。

狭いアパートの部屋で母と顔を突き合わせているのが苦痛で、私は午前中のうちに家を出て、やはりあちらこちらを当てなく歩いた後、当時は区役所の裏手にあった荒川児童館に行った。そこはマンガ雑誌が自由に読めるお気に入りの場所で、時間を潰す当てがない時の頼みの綱だった。

午後三時を過ぎたあたりだろうか、急にゴロゴロと雷が鳴り始めた。窓から見てみると、空にはどんよりとした重たげな雲が流れていて、すぐにでも激しい雨が降りだしそうな気配だった。

子供の愚かさと言われればそれまでだが、私はその空模様を見て、すぐに家に帰るべきだと判断してしまった。このまま児童館で時を過ごせば、閉館する五時にはどしゃ降りになっているだろうと思ったのだ。実際はただの夕立であるから、激しく降ってもすぐに止むのに。

私は児童館を出て、走って家に向かった。けれど、あと少しというところで大粒の雨が頬を掠《かす》めた。あたりには湿った土のような匂いが満ち、これから来る雨の激しさを予感させた。

(しょうがない……今のうちに雨宿りしよう)

私はとにかく屋根のある場所を探した。このまま無理を通してずぶ濡れになって帰ったら、母に怒られることは明白だった。

その後、私が飛び込んだのは、三河島の駅から程近い場所にある浄正寺という寺である。

小さな門をくぐると右手に小さな墓場があり、それと向かい合う形できれいな観音像が立っていた。それほど広くない境内の突き当たりには本堂があって、その軒先で急場をしのごうと思ったのだ。

私がそこに滑り込むのとほとんど同時に、激しい雨が降ってきた。天から見えない岩が転げ落ちてくるような雷の音が響き、空全体が何度もフラッシュのように光った。私は住職さんたちの目に止まらないよう、しゃがみ込んで身を低くしていた。雨宿りしていても怒られはしなかっただろうが、逆に気にかけられるのが嫌だった。

時間が経てば経つほど、雨は激しくなった。風も出てきて木々が生き物のようにざわめき、空が光って視野が露出オーバーのような状態になるたびに、目の中に観音像の姿が焼き付けられるような気がした。

その観音像は、三河島事故で亡くなった人たちを慰霊するために建てられたものである。

三河島事故というのは昭和三十七年五月三日に起こった電車の多重衝突事故で、百六十人が亡くなり、負傷者は三百人にものぼったという大惨事である。その時に遺体を安置していた場所のひとつが、この浄正寺なのだという。

私が住んでいたアパートも、この現場のすぐ近くだった。

アパートを出ると、すぐ目の前に小さな商店街がある。その道を右に数メートル歩くと十字路があり、そこで立ち止まって南に顔を向けると、すぐ正面に常磐線が通る築堤が見える。まさしくそこが大惨事の現場なのだ。

もっとも私が越してきたのは事件から数年が過ぎてのことだったが、毎年五月三日の憲法記念日には、築堤のガード入り口にたくさんの花束が供えられているのを見たものだ。

事故当日、そのあたりは地獄の様を呈していたという。

発生が祭日の夜だったので、電車には行楽帰りの客が多く乗っていた。したがって犠牲者には二十代の若者や、それ以下の子供たちが多かったとも聞く。また救急車が間に合わず、地元の人たちが戸板に怪我人を乗せて病院に運んだというのは、有名な話だ。

その事故のことを私に教えてくれたのは、商店街の駄菓子屋のお婆ちゃんであった。そんな可哀想な亡くなり方をした人たちを祀っているのだから、浄正寺の近くを通った時には、できるだけ慰霊碑に手を合わせるように……と彼女は常々言っていたものだ。だから大人になった今では、あのお婆ちゃんの顔とこの寺の観音像はどこかダブっている。

雨宿りを始めて二十分ほどで雷は聞こえなくなり、空はしだいに明るくなった。けれど雨はまだ完全には止んでおらず、私は本堂の軒先にしゃがんだまま、ぼんやりと参道の石畳の繋ぎ目が小さく泡立つのを眺めていた。

その時、不意に遠くで聞き覚えのある言葉が聞こえた。浄正寺は町の中にある小さな寺なので、塀のすぐ外の車の音や大きめの人の声は、本堂の近くにいても当たり前に耳に届く。

「おい、アホる子、傘なんか差したってしょうがねえだろう、もうバカなんだからよ」

「お前、ニヤニヤ笑ってばっかだな。気持ち悪いんだよ」

アホる子――さっきも言ったように、それは渡部薫子のアダ名である。どうやら寺の塀の向こう側に薫子と、それをからかう何人かの男の子が歩いているらしい。確か彼女の家は荒川区民会館（今ではサンパール荒川という洒落《しゃれ》た名前になっている）の裏手にある小さな雑貨屋だと聞いたことがあるが、こちらの方にまで遊びに来ることもあるのだろうか。

ちなみに私が子供の頃は、雨には核実験の放射能が混じり込んでいるので、傘を差さずに歩いたらハゲたり頭が悪くなったりするという噂があった。

彼女をからかう声を聞いても、私は何とも感じなかった。可哀想とも思わなかったし、むしろ彼女はからかわれても仕方ないとさえ思っていた。けれど堪えきれずに雨の中に出て行く気になったのは、こんな言葉を聞いたからだ。

「アホる子、お前の父ちゃんって、お前がバカだから出てっちゃったんだろ」

「違うよう」

それまで何も答えなかった彼女の声が、初めて聞こえた。

「お父ちゃんは、名古屋に働きに行ってるの。お母ちゃんが、そう言ってたもん」

「そんなのウソに決まってんだろ。お前の父ちゃんは、お前がバカなのがイヤで出てったんだよ。俺はそう聞いたぜぇ」

「違うもん！」

そんなやり取りを耳にした時、私は黙っていられなくなった。雨はまだ強かったが、濡れるのもかまわずに寺の外に出た。

区役所の方に続く道に赤い傘を差した女の子が歩いていて、そのまわりを三人の男の子が付きまとっているのが見えた。男の子たちは頭から足の先までびしょ濡れで、どうやら豪雨さえ遊びの種にしたらしい。

「ライダーキーック！」

その中の一人が調子に乗って、突然薫子の背中にとび蹴りした。バランスを崩した薫子は、傘を持ったまま前のめりに膝をつき、それを見ていた仲間の一人が、大きな声ではやし立てた。

「今のでお前にアホる子菌がついたぜ。きったねぇ」

私は黙って彼らの後ろから近づいた。そして薫子に蹴りを入れた少年の肩をポンポンと叩き、彼が振り向く瞬間を見計らって、思い切り拳を頬骨に叩き込んだ。

「お前ら、いい加減にしろよ」

私はできる限りの鋭い目を作って、連中の一人一人を睨みつけた。

「俺の父ちゃんも出てったんだけど、やっぱり俺がバカだからかね」

少年たちの顔には見覚えがあった。みんな同学年の連中で、一人は以前、同じクラスだった。

「……ごめんなさい」

私の恫喝に恐れをなした一人が言うと、みんなはすぐにそれに倣《なら》って頭を下げた。

「俺に言ったってしょうがないだろ。渡部に謝れよ」

全員が薫子に謝るのを確かめてから、私は連中を解放した。おそらく夏休みが終わったら、私は薫子の恋人ということにされているかもしれないが、どうでもいい……と思った。

「ありがとう」

すべてが終わってから薫子は言ったが、いつも笑顔を浮かべている彼女にしては珍しく、どこかムッとした顔をしていた。

「あのさぁ、そんなふうに、すぐに人をぶつのはいけないよ」

その呑気な言葉に、私は笑いたくなった。私が殴ったからこそ連中が謝ったのだという現実を、薫子は見ていなかったらしい。

「やっぱり、お前はバカだな」

私が言うと、薫子はプイッと横を向いて答えた。

「もうすぐ、バカじゃなくなるもん」

「どうして？」

「私、九月から学校かわるんだよ。ちゃんと私にわかるように、勉強を教えてくれる学校に行くんだ」

詳しく聞いてみると、彼女は二学期から特殊学級を設置している別の小学校に移るらしかった。

距離的には大して離れていないが方角がまったく反対なので、おそらく二度と会わなくなるだろう。どうやら彼女の恋人認定を受けずに済みそうだ。

「よかったじゃん。せいぜい元気でやれよ」

私が肩をポンと叩くと、彼女はにっこりと笑った。

4

その直後に突然、父が戻ってきた。

向こうの女性とうまくいかなくなって別れてしまったらしいが、仮にも落ち着いていた家の中に、再び嵐が巻き起こったのは言うまでもない。

「別れたからって、全部水に流せるとでも思ってるの」

母は当然過ぎる主張を繰り返し、父は恥ずかしげもなく、都合のいい言葉を並べ立てた。

正直なところ、私は父に帰ってきて欲しくなかった。

母の言うとおり、一度は家族を棄てたという事実が消えるはずもないし、そのために私が被った被害が償われるわけでもない。行くところがなくなったからと言って、おめおめと帰ってくるのも恰好の悪い話だ。こんなに簡単に帰ってくるのなら、私が母の機嫌の浮き沈みに戦々恐々としていた日々は、いったいどうなるというのだろう。

けれど最終的に両親が復縁を果たしたのは、当時子供だった私に言わせれば不思議というほかはない。それが男女関係の奥深さなのかもしれないが、やたらと父も母も〝私のため〟という言葉を使っていたのは、どうにも不愉快でならなかった。

私は、すべてがバカバカしいと思った——父も母もバカバカしければ、学校もバカバカしい。世界は誰かの都合に合わせてクルクル変わり、それに振り回されている自分もバカバカしい。テレビも映画も本も世の中も、何から何までバカバカしいのだ。

十歳にして私は、そんな虚無の目を持ってしまった。何をしても楽しくなく、すべてが自分とは関係ないことだと感じるようになった。早く大人になって家を出たいと思ったが、日によっては、それさえもどうでもいいことのように感じた。

今だから思うことだが、あのまま成長していたら、きっと私は氷のような心を持つ人間になっていただろうと思う——絶えず社会や人間に対する失望の念を持ち、思いやりや優しさも疑ってかかる寂しい人間に。

けれど何かのバランスを取ろうとしていたのではないだろうが、そんな虚無を知った少し後から、私は奇妙な夢を見るようになった。

いや、夢そのものには、何も奇妙なところはない。

ただ、まったく見ず知らずの人たちがニコニコと微笑みながら、どこか屋外らしい場所でチョコレートを食べているだけの夢なのだ。奇想天外で何でもありの夢の世界の出来事だと思えば、逆に静か過ぎる風景であった。

初めに見たのは、五歳くらいの少女の夢だ。ピンクのワンピースを着たおかっぱ頭の子だったが、妙にきらきらとした風景の中で、無心にチョコレートを食べていた。音はなく、まるでプールの中にもぐって、その風景を見ているような感じがした。

(今のは、誰だったんだろう)

目を覚ましてから、私は布団の中で首をかしげた。

その少女の顔ははっきりと見えたけれど、まったく見覚えがなかった。知り合いでもないし、テレビで見たような記憶もない。あるいは私が忘れているだけで、どこかで会ったことがあるのだろうか。

もちろん、それだけなら取り立てて騒ぐこともないかもしれないが——驚いたのは、その夢が異様なまでに生々しかったことである。いつも見る夢よりも格段にハッキリとしていて、まるで現実の出来事のようなのだ。翌朝、少女が食べていたチョコレートの匂いが、鼻の奥に残っているような気がするほどに。

しかし、いくら奇妙な夢でも、一度だけなら、どうということもない。たまたま変わった明瞭な夢を見ただけ……の一言で片付けてしまってもいいことだ。けれど、それがお盆を過ぎた頃から毎日となるとどうだろうか——私はその夢を七日間、一日も欠かさずに見た。そのたびに出てくる人は違うのだが、チョコレートを食べている点においては共通していた。

ある時は高校生くらいの男の子が、学生服姿でチョコレートを食べていた。彼はズボンのポケットに片手を入れ、チョコレートを板のまま齧る、何となくかっこいい食べ方をしていた。また、ある時は上品そうな中年の女性が、やはり上品に小さく折り取って食べていた。そのあくる日は、背広姿の男の人が、私と同じくらいの小学生の男の子と一緒に、一枚のチョコレートを半分ずつに分け合って、楽しそうに食べていた。

（何なんだろう、この夢は）

さすがに七日も続くと、私は首を捻らざるを得なかった。

出てくる人たちには、まったく見覚えがない。いったい彼らは誰で、どうして同じようにチョコレートを食べているのだろう。まさかチョコレート会社が、夢の中にまでコマーシャルを流す方法を発明したわけではあるまい。

そこで私は、以前にマンガ雑誌の記事で見た〝夢を覚えておく方法〟というのを試してみることにした。と言っても、単に枕元にメモ用紙と鉛筆を用意しておいて、目が覚めたら夢をメモしておく……というだけのことである。正直、あまりに簡単なので半信半疑の気持ちが強かったが、やってみると、意外なくらいに効果は大きかった。

私も枕元に小さなメモ用紙と鉛筆を用意して、起きてすぐに夢で見た風景を、できる限り書き留めるようにした。初めのうちは、にこやかにチョコレートを食べる人たちの姿しか思い出せなかったが、メモを取るようにすると記憶力がアップするのか、やがて彼らの背後に、細長い影のようなものがあるのが見えてきた。

（あれは……もしかしたら浄正寺の観音さまじゃないのかな）

その影のようなものの姿が、やがてくっきりと見えるようになったのは、夏休みも終わりに近い日のことだ。

それは間違いなく、浄正寺の観音さま——三河島事故で亡くなった人たちを慰霊するために建てられた観音像だ。そうなると、見知らぬ人たちがチョコレートを食べているのは、浄正寺の境内ということになる。どうしてそんなところで、チョコレートを食べなくてはならないのだろう。

そうとわかると、じっとしてはいられなかった。

その日はあいにく朝から強い雨だったが、ある程度まで弱まるのを待って、私は浄正寺に行ってみることにした。商店街の外れにあるアパートからは、小学生の足でも十分程度で着くことができる。

出かけたのはちょうど昼頃で、雨はかなり弱くなっていた。完全に止むのも時間の問題のように思えたが、私は念のために傘を差して出かけた。

浄正寺の境内は、その日もいつものように静かだった。小さくなった雨の粒が、桜の葉や参道の石畳に当たる音が聞こえるほどに。

（別に何ともないよなぁ）

そう思いながらも、私は十分ほど境内を歩いてみたりした。墓地に並んだ墓石や、例の慰霊碑や観音像もしっとりと雨に濡れ、いつもより生気（と言うのも、変な感じだが）があるような気がした。

やがて、そこで時間を使うのにも飽きて、私は外に出ようとした。ちょうどその時、不意に赤い傘が門をくぐってきたのだ。

（誰かと思ったら……渡部かよ）

そう、それは見覚えのある傘を差した渡部薫子だった。私はとっさに、墓参用の閼伽《あか》桶を並べてある棚の陰に身を隠し、事の成り行きを見た。

薫子は傘を差したまま観音像の前に立つと、勢いよく両手を打ち合わせ（言うまでもなく、それは間違ってる）、ハッキリとした声で言ったのだ。

「早く××くんが私のテレパシーを受信しますように」

××というのは私の名前である。しかし、テレパシー云々と言うのが何を意味するのか、よくわからない。

「おい、渡部」

彼女が顔を上げるのを待って、私は声をかけた。振り向いて私の姿を見つけると、薫子は驚いたように体を引きつらせた。

「あぁ、びっくりした。急に声をかけないでよ」

前もって声をかけても、その時に驚くと思うのだが。

「でも、よかった。ちゃんと私のお願いが届いたんだね」

どこかホッとした口調で、薫子は呟いた。

「今、ちょろっと聞こえたけど……テレパシーって何？　何か俺に用だった？」

「あのね」

私が尋ねると、赤い傘の中にいる薫子の顔が、さらに赤くなる。

「実は、この間のお礼がしたくって……でも、どこに住んでるかわかんないから、毎日、この観音さまにお願いしてたの。もう一度、××くんがここに来てくれるように」

　そう言いながら薫子はスカートのポケットをまさぐって、一枚の板チョコを取り出した。それは忘れもしない、例の冤罪をかけられた時のチョコレートとまるで同じものだった。

「この間はありがとう。はい、これ」

　私がそれを受け取ると、チョコレートはすでにグニャグニャだった。雨が降っているとはいえ、その日はまだ八月だったのだ。

「溶けちゃってるじゃん」

　私は笑いながらパッケージを取り、銀紙を開いた。まるで焼きたてトーストの上のマーガリンのように、チョコレートはとろけていた。私はそれを人差し指の先で掬って舐めて見せた。

「おいしい？」

「あぁ、うまいよ。俺、チョコレート大好きなんだ」

　そう答えながら、私は奇妙な感慨を覚えた——この寺の境内で、自分がチョコレートを食べることになるなんて。

「渡部……お前、この観音さまに、毎日、お願いしてたって言ったけど」

　私は自分の見た、奇妙な夢の話を彼女に聞かせた。

「あぁ、それはきっと、事故で死んじゃった人たちだよ」

薫子は、まるで当たり前のように言った。

「あの事故が起こった時、うちのお父ちゃん、近所の人たちと力を合わせて、たくさんの人たちを病院に運んだんだって。でも、途中で死んじゃった人や、病院に着いたのに死んじゃった人が、いっぱいいたんだってさ……きっと、その人たちが、手伝ってくれたんだよ」

その言葉に一瞬、私は背筋が寒くなるのを感じたが——夢で見た彼らの顔を思い出すと、そんなふうに感じるのは奇妙だと思った。彼らは本当に、おいしそうにチョコレートを食べていたのだから。

「そういえば……毎日、ここに来てたのか？」

「うん。だって、もうすぐ会えなくなっちゃうじゃん」

つまり私が夢を見た日は、彼女がここに来て、観音さまに願を掛けていた日ということになるのだろうか。私のために、そんなに何日も——。

「ありがとう……ありがとうな」

私は不覚にも胸が苦しくなった。リアルタイムではなかったかもしれないが、彼女の願いは確かに届いていた。

「お礼を言ってるのは私なのに、××くんって変なの……でも、学校がかわる前に話せてよかった」

薫子は例の困ったような笑顔を浮かべて言った。

「××くん、この間も言ったけど、すぐに人をぶつのはよくないよ。みんなに嫌われちゃうよ」

「それはわかってるんだけどさ」

私は、そう答えるしかなかった。人を殴って自分の思いどおりにさせるのが楽しいからだとは、とても彼女には言えなかった。

「恥ずかしいけど、もうお別れだから言っちゃうね……私、××くんの笑ってる顔、大好き」

それだけ言うと、薫子は素早く傘を倒して顔を隠した。照れている自分の顔を見られたくなかったのだろうが、彼女がそうしてくれたのは私にも幸いだった。

その言葉を聞いたとたん、私はどうしても——どうしても目の奥から涙が溢れ出てくるのを、止めることができなかったからだ。

こんな私でも、好きだと言ってくれる人がいるなんて。

心根のひねくれた乱暴な私でも、笑ってる顔がいいと褒めてくれる人がいるなんて。

人とわかりあう努力を自ら投げ出してしまった私なのに。

「ありがとう……渡部」

流れ出てきた涙を懸命に手の甲で拭いながら、私は言った。彼女は少しだけ傘を持ち上げて、私の顔を見た。

「あれえ、変なの。なんで××くん、泣いてるの？」

「そりゃあ……嬉しいからだよ」

私は精一杯、正直に答えた。

「そんなのウソだよ。だって私、頭悪いんだよ。アホる子だよ。自分の名前、漢字で書けないし……そんな子に好きって言われても、嬉しいはずないでしょ」

「いや、嬉しい……すごく」

「ほんとに？」

「ほんとに」

私が答えると、薫子はしばらくじっと私を見つめていた。やがて困ったような笑顔のまま、彼女もきれいな涙を流した。

「私も嬉しいよ」

その時、足元の石畳に日が当たり、不意に私たちの影が伸びた。完全に雨が止んで日が出てきたようだ。私が傘を降ろすと——目の前の空に大きな虹がかかっていた。

「渡部、虹だ」

「うわぁ、ほんとだ」

私たちはそれぞれに傘を降ろし、浄正寺の境内で肩を並べて大きな虹を見つめた。戻ってきた日差しが強いせいか、くっきりと力強い虹だ。

「××くん、何かミカンみたいな匂いしない？」

しばらくして薫子が、虹の方に顔を向けたまま言った。

「そういえば、少し」

確かに彼女の言うとおり、どこからかほのかな柑橘系の香りが漂っていた。雨に濡れた緑の匂いとは明らかに違う、鼻の奥を柔らかく刺激するような香りだ。

「なんだろう……虹の匂いかな」

「まさか」

彼女の言葉に私は笑ったが、心の隅ではチラリと、そうかもしれない……と思った。世の中にはテレパシーが通じたりすることも、あるいは心優しい死者たちが、名もない少女に力を貸してくれるようなこともあるのだ。虹がほのかに匂うようなことがあっても、何の不思議もないではないか。

私たちは傘を投げ出し、どちらからともなく手を繋いだ。

私の読みどおり、滝のような雨は二十分ほどで弱まった。同じように雨宿りしていた人の中には、早々と駅ビルから出て行く人もいた。

雲が早く流れていく空に目をやって、自分はどうするか考えた。少し悩んで、もう少しだけ待った方がいいという結論を出す。

（そういえば、近頃は虹なんか見てないなぁ）

駅前の空を見上げながら、そんなことを思った。

思いがけなく得た余白の時間――いつの間にか私は、三十年以上も昔の少年時代に返っていた。

5

並んで虹を眺めた日の薫子の笑顔を思い出すと、今でも鳩尾あたりが温かくなるような気がする。彼女は誰からも疎まれていた私に、初めて無償の愛情を分けてくれた女性だ。あの頃、彼女とめぐり合わなければ、私はたぶん道を踏み外していただろう。

あの日をきっかけに、私は再び学校に溶け込むように努めた。

初めのうちはうまくいかなかったけれど、徐々に成果が出て、卒業する頃にはたくさんの友だちに囲まれていた。卒業式の後、みんなで撮った記念写真の中で、私は何人もの友だちと肩を組んで笑っている。

あんなふうになれたのも、やはり薫子のおかげだろう。別の学校に移ってしまった彼女と一緒に卒業できれば、もっとよかったのに。

きっと世の中には、自ら進んでのら犬になった犬はいない。ほんのわずかでも、愛されていること——自分が誰かに必要とされていることが実感できれば、踏み外しかけた道を戻ることもできるのではないかと思う。

（そろそろ行くか）

雨の粒がかなり小さくなったのを確かめて、私も足を踏み出した。それと同じタイミングで、目の前の道を赤い傘が曲がってくるのが見えた。

赤い傘の主は私の姿を見つけると、小さく手を振った。もう片方の手には、紳士用の傘を一本提げている。

「おかえりなさぁい」

やがて彼女は私の前に立ち、昔とあまり変わらない口調とともに傘を差し出してくれる。

「何だ、わざわざ」

「たまにはいいじゃない。でも、よかった……私が着く前に雨がやんじゃったら、どうしようって思った」

「電話もかけてないのに、よくわかったな。俺が駅に着いてるって」

「何となく、わかったのよねぇ」

そう言って薫子は眉尻を大きく下げて、困ったような笑顔を浮かべた。

湯呑の月

私の記憶の中のその人は、いつも微かな笑みを浮かべています。くっきりとした二重瞼をやや伏せて、形の良い唇から歯をのぞかせることなく——けれど黒目がちの目には、どんな時でも小さな子供を見守っているような光があって、私はその微笑が何より好きでした。もちろん白い頬にほっこりと出る、小さな小さな笑窪も。

その人を偲《しの》ぶには、月の美しい夜ほど相応しい頃合いはありません。どうしたことか、その人を思うと何より先に、お乳のような色の光を冴え冴えと放つ月が、自然と頭に浮かんでくるからです。きっと一緒に飲んだ〝お月さまの水〟の甘さが、幼かった私には、よほど印象深かったのでしょう。

私はその人が——明恵おばちゃまが大好きでした。

1

私のアルバムの古い写真の中に、若き日の明恵おばちゃまが写っているものがあります。病室のベッドで上半身を起こし、生まれたばかりの私を抱いている母のすぐ隣で、私を覗き込むように身をかがめている姿のものです。おそらく荒川産院の病室で、写真好きだった父が撮ったものでしょう。

母はやつれた笑いをカメラの方に向けていますが、おばちゃまは記念撮影など眼中にないように、産着《うぶぎ》にくるまれた私に顔を向けて、まさに弾けるような笑顔を浮かべています。昭和三十七年のこの時、母は二十四歳ですから、四つ年下のおばちゃまは、二十歳になったばかりの頃のはずです。

その若く屈託のないおばちゃまの顔を見ると、私は何だか胸がドキドキしてくるような感じを覚えます。

たとえば、その写真の世界と今の世界が何かの拍子に繋がって、その頃のおばちゃまと言葉が交わせたりしたら、どんなにいいでしょう。それから後に起こる様々なことを教えてあげることができれば、きっとおばちゃまの人生は、もっと違うものになっていたと思うのです。もっとも、そんなことをおばちゃまは、少しも望まないかもしれませんが。

幼い頃から、明恵おばちゃまは私の自慢でした。優しくて、きれいで、歌が上手で、素敵な洋服が作れて——大人になったら、自分もおばちゃまみたいな人になりたいと、私は思っていたものです。けれど私がそう言うと、おばちゃまはいつも寂しそうに笑って、こんなふうに答えるのでした。

「そう言ってくれるのは嬉しいけど、私はムッちゃんみたいな元気な子になりたかったな。みんなと駆けっこしたり、バレーボールをしてみたいって、いつも思ってたの」

おばちゃまは生まれつき心臓に病気があって、お医者さんから激しい運動を禁じられていました。ですから小学校の頃から、体育の時間は見学していたそうです。わざわざ私の家の近くのアパートに住んでいたのも、当時かかっていたお茶ノ水の病院に近いことと、姉である母のそばにいた方がよい……と、葉山の祖父が考えてのことでした。

その家はすでにありませんが、私は生まれてから結婚するまで、台東区谷中のはずれで暮らしていました。

子供の足でも上野公園まで簡単に行ける距離で、そのせいでしょう、学校行事で行くのも家族で遊びに行くのも上野公園で、アルバムの中には公園中央の大きな噴水の前で撮った写真が、少なくとも二十枚はあります。

もちろんおばちゃまと二人で撮ったものもありますが、特に幼稚園の頃に撮ったものは、おばちゃまの足にしがみつくように抱きついていて、「この人は私のおばちゃまだから、誰にもあげない」と子供心に主張しているように見えて、笑いを誘います。私はよっぽど、おばちゃまが好きだったのでしょう。

先ほども言いましたように、明恵おばちゃまは母の四つ下の妹です。母はもともと神奈川県の出身ですが、教科書を作る出版社で働いていた父と結婚して、谷中に移り住んだのでした。おばちゃまとは二人きりの姉妹で、子供の頃から、とても仲が良かったそうです。

おばちゃまには心臓の持病がありましたが、無茶なことをしなければ大事はなかったので、高校を卒業してから、手に職をつけるために洋裁学校に通うことになりました。その学校があったのが鶯谷駅近くの根岸でしたので、おばちゃまは母の家の近くにアパートを借りて、一人住まいをすることになったのです（あるいは、母の家の近くだったからこそ、その学校を選んだのかもしれません）。また、半月に一度、お茶ノ水の順天堂まで検診に行かなくてはなりませんでしたので、その点でも便利でした。

ですから私が物心ついてから、おばちゃまは、ずっと近くにいました。

その頃はすでに学校を卒業し、おばちゃまは洋裁の下請け仕事をしていましたが、内職のようなものでしたので、アパートの部屋を訪ねていけば、たいていい会うことができました。ですから、しょっちゅう部屋に行ってはオヤツをご馳走になったりしていたのですが、私が五歳になった頃、母が家計を助けるためにデパートの惣菜売り場でパートタイムを始めたので、おばちゃまと過ごす時間がさらに増えました。

「睦美ちゃんは、お母さんが二人いるみたいでいいね」

夕方、母の代わりにおばちゃまが迎えに来てくれた時、そんなことを幼稚園の先生に言われた覚えもあります。けれど私は、そんなふうに思ってはいませんでした。

あまり母の耳には入れられないことですけど――母はあくまで〝お母さん〟であり、時には怖かったり、鬱陶しくもあったりしたのですが、私の中でおばちゃまは〝お姉さん〟のようなもので、時には憧れの対象であったり、際限なく甘えられる存在でもあったのです。

そう感じるのは、むろん二人の立場の違いから来る、私に対する接し方の差のためであったと思います。母親は躾のために厳しいことも言わなくてはなりませんし、いつも甘い顔ばかり見せるわけにもいきません。けれど叔母ならば、やや距離があるので、少しくらい甘やかしても許される雰囲気があります（のちに私も自分の子供は厳しく接して育てましたが、甥や姪には、かなり甘い伯母でした）。

それに仲良し姉妹でも、やはり性格の違いというのはあって――そのたくましい外見どおりに、母はかなり気の強い人でした。明るく陽気でもあったのですが、いわゆる

〝がさつ〟と紙一重の部分もあり、怒れば、かなり怖いのです。

「なんだって睦美は、そんなにグズなのかね！　そんなこっちゃ、大きくなっても使い物になんないわよっ」

何ごとにも手の遅い私は、よくそう叱られたものです。母は何でもパッパッとやってしまう性分の人でしたので、いちいち考えなければ手を動かせない私が、本当にじれったく見えたのでしょう。

若い頃は文学者を志していたという父の影響でしょうか、私も小さい頃から本が好きで、どちらかと言うと、おとなしくて夢見がちな少女でした。むろん、おばちゃまに羨《うらや》ましがられるくらいに走り回って遊ぶ時もあったのですが、図書館に行ったり絵を描いたりするのが大好きで、将来は絶対に文房具屋さんか本屋さんの人と結婚しよう……と、小学一年生の頃には思っていたくらいです。

また、いろいろ空想するのも好きで、夕食の後に部屋の窓から外を見ながら、長いことポーッとしていることもありました。その時の私には空を飛んでゆくピーター・パンが見えていたりするのですが、むろん母には見えるはずもなく、ただボンヤリと時間を無駄にしているとしか思えなかったのでしょう、いきなり頭をパチンと叩いて、早くお風呂に入るように言うのです。

そういう性質の子供にとっては、何ごとも手早くこなすことを美徳とする母親は、なかなかに気詰まりな存在です。何かしている時に横でじっと見つめられ、「あぁ、あんまり遅いんで、イライラしてきちゃうね」などと言われては、もう母の前では何もするまい……と子供心に思ったりしたものでした。

けれど、明恵おばちゃまは、けしてそうではありませんでした。いえ、料理やお裁縫、お掃除などの手並みは母同様に早くて、しかも上手だったのですが、それを人に強いるということが、まったくなかったのです。

「世の中にはいろんな人がいるんだから、性格や性分はみんな違っていて当たり前よ。ほら、動物園に行っても、お猿さんはいつもチョコマカしてるし、ライオンは寝てばかりでしょう」

それは性格とは違うような気がしましたが、おばちゃまなりに私を慰めてくれているのがわかりましたので、私はとても嬉しく思いました。

思えば、おばちゃまは頭ごなしに何かを言うことがありませんでした。大きな声を出すことも、理由もなく怒ることも、ありません。何より、他人に自分の感情をぶつけるのが、うまくないのです。

たとえば、小学校に入ったばかりの頃だったでしょうか――ある日、私はおばちゃまと買い物に出かけました。おそらく不忍通りにあった、布地屋さんに行ったのではないかと思います。

小さい頃、おばちゃまと外を歩く時は、たいてい手を繋いでいたものですが、その時のおばちゃまは両手に物を持っていたので、私は一人で、おばちゃまの少し先を歩いていました。その憂さ晴らし（本当は手を繋ぎたかったのです）ではありませんが、私は意味なく道の段差の上を歩いてみたり、商店の店先に出ている幟《のぼり》をポンポン叩いたりしながら歩いていました。

確か団子坂下交差点の手前あたりだったと思いますが——小さな横断歩道に差し掛かったところで、どういうわけか私は、ろくに信号も確かめずに道に飛び出してしまったのです。我ながら迂闊ですが、その時にはそれなりの理由があったのかもしれません。

突然、目の前で一台のトラックが、凄まじいブレーキ音を立てて停まりました。私はその時初めて、歩行者側の信号が赤だったことに気づきました。

「ムッちゃん！」

おばちゃまは持っていた荷物を放り出し、横断歩道の真ん中で魂が抜けたように立ち尽くしていた私を、背中から抱きしめました。

「お嬢ちゃん、ちゃんと信号を見ないとダメだよ」

怒鳴る気満々で運転席から顔を出したドライバーが、おばちゃまを見た途端に、急に優しい態度に変わったのを覚えています。

おばちゃまは何度も頭を下げてから私を歩道まで引き戻すと、しゃがんで私と同じ目の高さになり、静かな口調で言いました。

「ムッちゃん、あのね……」

けれど、おばちゃまは、それきり言葉が出てこないようで、「あのね……あのね」と繰り返すばかりでした。母なら、とっくに私の後ろ頭を景気よく叩いているところです。

やがておばちゃまは、一つ一つ言葉を区切るように言いました。

「交差点では、ちゃんと信号を見なくちゃダメよ。それから右と左をよく見て……」

言葉の途中から目が潤み始め、ついには溢れて、白い頬に涙が伝いました。

「おばちゃま！　もしかして、お胸が痛いの？」

私はとっさに思いました——私がトラックに撥ねられかけたのに驚き、おばちゃまの心臓が発作をおこしてしまったのだ、と。

「ううん、大丈夫……別に心臓は痛くも苦しくもないわよ」

そう言いながら、おばちゃまは私の手を取り、両方の手で包み込むようにして握りました。口では何でもないように言っていましたが、早くなった心臓の鼓動がその手から伝わってきます。

「でも、心が痛いわ。もし、あのままムッちゃんが車に轢《ひ》かれてたらと思うと……心をどこかにぶつけたみたいに、ヒリヒリする」

私の手の甲に頬ずりしながら、おばちゃまは言いました。

「ムッちゃん……本当に気をつけて。ムッちゃんみたいな小さな子が、あんな大きな車に轢かれたら、死んでしまうのよ。死んでしまったら、もう二度とお父さんやお母さんや、お友だちに会えなくなってしまうの。もちろん、おばちゃまにもね」

その言葉を聞きながら私も辛くなってきて、ついには泣き出してしまいました。おばちゃまは私の体を抱きしめて、背中や頭を優しく撫でてくれました。

その時、私はもう二度と絶対、おばちゃまを驚かせたり、心配させたりすることはやめようと思いました。もちろん心臓のこともありますが——あんなに辛そうな顔を、おばちゃまにさせてはいけないと思ったのです。

2

本当に交通事故は恐ろしいものです。

それ以来、私は道を歩く時は、これ以上ないほどに慎重になったのですが——思いがけず、母がその被害者になってしまいました。

私が小学二年生の秋のことですが、パートタイムの帰り、池之端の横断歩道を渡っていたところを乗用車に撥ねられてしまったのです。よく晴れた日の午後のことで、まだ車との距離が十分にあると思い込んだ母が、信号を無視して渡ってしまったせいでした。

母は女性としてはガッシリとした体格の持ち主でしたので、幸い首から下の怪我は大したものではありませんでした。けれど倒れた時にアスファルトに頭を強く打ち付けてしまい、病院に運び込まれた時は意識不明の状態だったのです。

知らせを聞きつけた父は会社を早引けしてくると、私とおばちゃまを連れて病院に駆けつけました。頭を包帯でグルグル巻きにされた母が個室に寝かされていて、その姿にショックを受けた私は、その場に尻餅をついてしまいました。

「とりあえず現時点では、命に関わる可能性は低いそうなんだが……」

お医者さんから詳しい話を聞いてきた父が、私とおばちゃまに説明してくれました。

「今のところは、このまま意識が戻るのを待つほかはないみたいだ」

私たちは母のベッドを囲んで、じっと見守ることしかできませんでした。時折瞼が動いているのを見ると、すぐにでも目を覚ましそうに思えましたし、その動きがおさまってしまうと、永遠に眠り続けるようにも感じられました。

やがて夜が更け——まだ八歳になったばかりだった私は、しだいに目を開けていられなくなってきました。母の一大事なのですから、何が何でもがんばりたいところでしたが、ふだんは夜の九時には熟睡しているのですから、かなり辛かったのは本当です。

「睦美……ここは父さんに任せて、今日は明恵おばさんの部屋に泊まらせてもらいなさい。母さんは大丈夫だから」

やがて見かねた父が言いました。もちろん私はすぐに首を横に振りましたが、もとよりおばちゃまも、なるべく負担をかけないようにしなくてはならない体です。ここは、父の言葉どおりにしておいた方がいいように思えました。

結局私とおばちゃまは、タクシーでアパートに向かいました。着いたのは十一時少し前――当時の私には、深夜にも等しい時間です。

「ムッちゃん、もう少しがんばってね」

私は部屋の壁に凭《もた》れて、慌てて布団を敷いているおばちゃまを、ぼんやりと見ていました。

あの頃、おばちゃまの住んでいた部屋は、少し高くなった土地のてっぺん近くにある木造アパートの二階でした。建物の入り口で靴を脱ぎ、板張り廊下を通って、それぞれの部屋に行く方式のものです。今は個々の部屋が独立したアパートが大多数だと思いますが、昔はそういうスタイルの方が主流だったのです。

部屋の引き戸を開けたところに小さな流し台があり、あとは六畳一間があるだけでしたが、さすがに若い女性の住まいだけあって、おばちゃまの部屋は、いつもきれいでした。

部屋に入って真っ先に目に飛び込んでくるのは、大切な商売道具の足踏みミシンですが、使っていない時は手製のレースのカバーでスッポリと覆われていて、パッと見には洒落たテーブルのようでした。その上には、いつも季節の花の入った花瓶が飾られていたので尚更です。

　東向きの窓にはオレンジ地に赤いラインの入ったカーテンがつけられ、食事をしたりする時に使う足折れ式の小さなテーブルにも、ミシンと同じようなレースのカバーが掛けられていました。部屋の隅には背の低い本棚があり、大小さまざまの本がきれいに納められていましたが、今から思えば、太宰治や中原中也の名前が並んでいたような気もします。その本棚の上には葉山の祖父母の写真と私たち一家の写真が飾ってあって、そこに写っている私が赤ちゃんのままなので、見るたびに恥ずかしい気分になっていたものです。

「さぁ、できたわよ。いつもみたいに、おばちゃまと一緒でいいわよね」

　ミシンや他の家具が場所を塞《ふさ》いでいるために、布団は一枚しか敷けませんでした。ですから、おばちゃまの部屋にお泊まりさせてもらう時は（滅多にあることではありませんでしたけど）、いつも同じ布団で、抱き合うようにして眠っていたのです。

　布団に身を横たえた瞬間は、その冷たさに目が冴えたような気もしたのですが、両足をおばちゃまの足に絡めていると、なぜだか体全体が温かくなって、私はすぐに眠りに落ちました。

　ですが――体は眠りたがっているのに、やはり心は母のことが気になっていたのでしょう、私は真夜中に一人、目を覚ましてしまいました。毎朝起きる時の目覚めと違って、突然にパッチリと目が開いたのです。おばちゃまは私を抱きしめてくれながら、静かな寝息を立てていました。

（お母さんが死んじゃったら、どうしよう）

私は暗い六畳間で良くないことを考えて、一人で泣きました。

「ムッちゃん……お母さんのことが心配なのね」

自分の胸に顔を埋めて泣いている私に気づいて、おばちゃまも目を覚まして言いました。

「命に関わる可能性は低いって、お父さんが言っていたでしょう……だから大丈夫よ」

「わかってるけど……わかってるけど」

その頃の私は、父の言うことやすることには絶対に間違いがない、と思っていました。とても有名な大学を卒業していますし、いろんなことをよく知っていて、会社でも偉い立場にあります。勝気な母でさえ父には強いことが言えず、まさに私の家は父を中心に回っていました。

だから、父が大丈夫だといえば、必ず大丈夫のはずです。悲しいことが起こることなんか、絶対にあり得ません。

それでも――私は安心することができませんでした。母がパッチリと目を開け、いつものように「睦美！」と私の名前を呼ぶのを聞かなければ、とても落ち着くことなどできはしないのです。

「それに……暗くて怖いの」

私はおばちゃまに身を寄せて言いました。いつもなら、どうと言うこともない暗闇でしたが、その日に限っては妙に怖い気がしたのです。まるで部屋の角の暗がりに、悪い知らせを持ってきた何かが潜んでいるように思えて……。

「ねぇ、電気をつけていい？」

「いいけど……それじゃあ、ムッちゃんは眠れないでしょう？」

私の家では、眠る時は豆電球さえつけない習慣でしたので（父が好まないのです）、私も暗くなければ寝つけない性質でした。

「でも、怖いんだもん」

「じゃあ、お月さまに部屋に来てもらいましょう」

おばちゃまは不思議なことを言うと、静かに布団から出て、電気をつけずに流し台の方に行きました。ほんの数秒、何か瀬戸物を弄《いじく》っているような音がしたかと思うと、やがて両手に湯呑を持って戻って来ました。

湯呑をミシンの上に置くと、おばちゃまはカーテンを開けました。月が出ているらしく、柔らかな白い光が差し込んできます。続いてガラス窓を開けると、涼しい秋の風がそよそよと吹き込んできました。

「ムッちゃん、こっちにおいで」

おばちゃまは窓から首を出して、暗い空を見あげています。私は意味がわからないま、その横に立ちました。

「ほら、きれいなお月さま」

同じように窓から首を出してみると、ずっと空の高いところに、丸い月が出ていました。満月のようにも思えましたが、少しばかり歪《いびつ》な気もします。

「お月さまに、お母さんが早く治りますようにって、お願いしましょう」

おばちゃまは私を窓辺に座らせると、小さな湯呑を手渡してくれました。中には八分目くらいまで水が入っています。湯呑は、私専用におばちゃまが買ってくれていた、『トッポ・ジージョ』の絵のついたものでした。

「さぁ、この中に、お月さまをつかまえてね」

おばちゃまは私の隣に腰を降ろすと、手にしていた自分の白い湯呑を、窓辺でゆっくり8の字を描くように動かし始めました。

「おばちゃま、何をしてるの」

「ムッちゃんも、やってごらんなさい。その湯呑の中に、あのお月さまをつかまえるのよ」

つまり湯呑に満たした水の表面に、月の姿を映せ……と言っているようです。

「ふふ、私はもう、つかまえたわよ」

しばらくして、どこか自慢げにおばちゃまは言いました。私が覗き込もうとすると、いたずらっ子のように笑って湯呑を遠ざけます。

「ムッちゃん、覗いてもダメなのよ。私がつかまえたお月さまは、私にしか見えないんだから」

今から思えば、水面に映る月が見える角度は決まっていますので、確かに自分の位置からでしか見えないのは道理です。けれど幼かった私には、何とも神秘的なことのように思えました。

「あっ、私もつかまえたよ！」

ようやく私も湯呑の水面に、空に輝く月を映すことができました。天にある冴え冴えとした乳色の光を放つ月が、私の手の中の小さな湯呑に閉じ込められて震えています。もし中身が水ではなく、もっと色の濃い液体だったら、その姿はいっそうクッキリしたものになったでしょう。けれど透明な水であったから、良かったような気もします。水面に映った月は半分素通しで、まるで水に溶け込んでいるようにも見えたのですから。

「ほら、お月さまがお部屋に来てくれたでしょう」

私は無言でうなずきました。ただの投影と言ってしまえば、それまでなのですが——

幼かった私には、本当に空の月が降りてきてくれたような気がしました。

「じゃあ、お月さまに、お母さんが元気になりますようにって、三回頼んでごらんなさい……お月さまがムッちゃんのお願いを聞いてくれるんなら、お水の味が変わっているはずよ」

「えっ、そんなのウソだよ」

私は思わず言い返しましたが、おばちゃまは微かな笑みを浮かべて答えました。

「やってもみないで、疑うようなことを言ってはダメよ」

仕方なく私は、その湯呑の中の月に向かって、「お母さんを、早く元気にしてください」と、三回言いました。

「じゃあ、お水を飲んでみて」

おばちゃまに言われるままに湯呑の水を一口飲んで、驚きました――その水が、ほんのりと甘かったからです。

「おばちゃま、お水が甘くなってる！」

私が驚いて言うと、おばちゃまは嬉しそうにうなずきました。

「よかったわね。お月さまが、ムッちゃんのお願いをきっと叶えてくれるわよ」

私は何だか、担がれているような気がしました。いえ、きっと実際に担がれていたのでしょう。

大人になった今なら、その心優しい手品の仕組みはすぐにわかってしまいます——湯呑に水を注ぐ前に、おばちゃまは、あらかじめ砂糖を少し入れておいたに違いありません。つまり湯呑の水は、最初から甘かったのです。けれど幼かった私は、おばちゃまの誘導にまんまと乗ってしまい、本当に水の味が変わったものとばかり思っていました。実際、それが本当か否かということは、大して意味もないことです。年を経た今、おばちゃまが幼かった私のために、あんなに一生懸命に楽しい一時を作ってくれたのが、私には忘れられないのでした。

その水を飲むと私は不思議と落ち着き、その後、静かに眠ることができました。そして湯呑の月にお願いしたのが功を奏したのか、母は本当に翌日の昼に目を覚ましたのです。

3

目を覚ました後の母はグングンと回復して、三週間ほどで退院することができました。先にも言いましたように体の怪我は大したものではなく、心配なのは強打した頭だけでしたが、念入りな精密検査の結果、とりあえず後遺症の類《たぐい》も残らない……とわかって、私たちは大いに安心したものです。

けれど退院してから一月もしないうちに、母は奇妙な人変わりをしました。手の遅い私に苛立つのは以前のままでしたが、それに加えて——なぜか、おばちゃまを遠ざけるようなことを言いだしたのです。

　ある日、遊びに出かけようと私が玄関先で靴を履いていると、母が奥から出てきて言ったのです。

「睦美、もう明恵のアパートに行ったりするんじゃないよ」

　その日もおばちゃまの部屋に顔を出すつもりだった私は、驚いて母の顔を見つめた後、その理由を問い質《ただ》しました。

「あんたが行くと、仕事の邪魔でしょう」

「……おばちゃまは、私がいても平気で仕事ができるって言ってたよ。逆に、おしゃべりできるから楽しいって」

「あんたが可哀想だから、そう言っているだけよ。とにかく、もう明恵の部屋に行ってはダメだからね。どうしても行く時は、私に断ってからにしなさい」

　当然のように私は納得が行きませんでした。この間までは何も言わなかったのに、どうして急にそんなことを言い出すのでしょう。

　何より私の湯呑が置いてあるぐらいですから（実は他にも、茶碗とお箸が置いてありました）、おばちゃまの部屋は第二の我が家のようなものでした。幼稚園の頃は、そこで母が仕事から帰ってくるのを待ったものですし、小学校に入ってからも、雨の日の午後は、たいていおばちゃまの部屋で過ごしていました。母自身も、誰もいない家で私が一人でいるより、ずっと安心だと言っていたはずです。

「うるさいわね！　つべこべ言わないで、黙って言うことを聞きなさい！」

あまりのことに私が抗議すると、母は突然大きな声を出しました。いわゆる親の強権というもので、そんなふうに言われてしまっては、子供は何も言い返せなくなってしまいます。

結局、私はおばちゃまの家に行かないことを堅く約束させられました。むろん納得などはしていませんでしたが——大きな声を出した時の母の顔が、今まで見たこともないような恐ろしげな表情だったので、そうせざるを得なかったのです。どこか狐か犬を思わせるような、異様に目の吊り上がった顔でした。

その約束を、私は物の十分もしないうちに破りました。目にしたばかりの母の表情があまりに怖くて、それを伝えるべき人が、おばちゃましかいなかったからです。

「お母さんがムッちゃんに、ここに来ないように言ったの？」

私はおばちゃまの部屋に行き、すべてを報告しました。それを聞いたおばちゃまは、眉をひそめながら、不思議そうに首を捻りました。

「すごく怖い顔で言ってたよ。もしかしてお母さん、頭に怪我をして……変になっちゃったのかもしれない」

実は私が一番恐れていたのは、それでした。お医者さんは後遺症の心配はないと言っていましたが、もしかすると何か重大なことを見落としていたのかもしれません。

「とりあえず、お母さんの言いつけを聞いておくのがいいわね」

おばちゃまはしばらく考えて言いました。その決定には不服でしたが、当のおばちゃまに言われてしまっては仕方ありません。

「ただし、ムッちゃんが来るのを迷惑に思ったことなんて、私は一度もないってことだけは覚えておいてね」

おばちゃまはそう言って、私を抱きしめてくれました。

それから私は母の言いつけどおり、おばちゃまの部屋には行かないようにしました。けれど、遊ぶことまで禁じられたわけではなかったので、休みの日に一緒に上野公園を散歩したり、たまには電車と都電を乗り継いで『あらかわ遊園』に行ったりもしました。

ところが母は、やがてはそれさえも禁じました。いえ、それどころか——私がおばちゃまと会うことそのものを禁じたのです。

「睦美、あんたは子供なんだから、子供と遊ぶものでしょう。明恵みたいな年上の人間とばかり遊んでいてはダメよ」

そんな、わかるようなわからないようなことが理由でした。けれどさすがに、その言いつけばかりは素直に聞き入れるわけにはいきません。私は勇気を振り絞って、正面から母とぶつかりました。その時私は八歳でしたが、八歳なりの意地を見せたつもりです。

「いい加減にしなさいっ！」

数分の口論のあげく、しつこく食い下がる私の頰を、母は例の目を吊り上げた顔で思い切り叩きました。

実はそれまで頭や背中やお尻は何度も叩かれていたのですが、さすがの母も女の子の顔にだけは手を出しませんでした。それでも叩いたということは——よほど私に言うことを聞かせたいか、本当におかしくなってしまった、ということではないでしょうか。そう思うと、さすがに私も黙らざるを得ませんでした。

その日の夜、仕事から帰ってきた父に、私はそのことを報告しました。母がお風呂に入っている、わずかな隙にです。

「それは奇妙な話だな」

私の話を聞いた父は、いつかのおばちゃまと同じように、眉をひそめて首を捻りました。

「お医者さんは、もうどこにも問題はないと言っているよ」

もしかしたら頭に怪我をしたことで、何らかの変調をきたしているのかもしれない……と言った私に、父はそう答えました。怒った時の母の顔が、まるで獣のように恐ろしいということも、私は付け加えました。

「なるほど、睦美の言うことはわかった。確かに折を見て、もう一度お医者さんに見てもらった方がいいかもしれないね。でも、ハッキリしたことがわかるまで、あまり怒らせたりしない方がいい……だから睦美も、とりあえず母さんの言うとおりにしておきなさい」

父が出した結論は意外でした。父ならば、少し雰囲気のおかしい母さえも抑えられると思っていたのですが——言うとおりにしろ、だなんて。

(それじゃあ、おばちゃまに会えなくなっちゃう)

歩いて十分もかからないところに住んでいるのに。おばちゃまなのに。仲良しなのに。大好きなのに——それでも会ってはいけないだなんて、あまりに理不尽だと私は思いました。

しかも、理由らしい理由がないのです。それでも「会うな」と言われれば、従わなければいけないのですから、子供は本当に弱い立場の生き物です。

結局、私は自分からは、おばちゃまに会うことができなくなりました。

寂しかったのは、おばちゃまの方も私の家にこなくなったことです。以前は、私の送り迎えも含めれば毎日のように顔を出していたのに、それこそぷっつりと姿を見せなくなりました。

（もしかしたら、本当に私が迷惑だったのかな）

ときどき私は勝手にいじけて、そんなふうに考えてしまうこともありましたが、おばちゃまが絶対にそんなことはない、と言って私を抱きしめてくれたのを思い出すと、その嫌な思いつきを、どうにか消すことができました。おばちゃまに限って、そんな二枚舌じみたことを言うはずがないと、信じていたのです。

そうなると考えられるのは、母がおばちゃまに、家に来るのを禁じたのではないか……ということでした。もしかすると例の怖い顔で、よくわからない言い分を押し付けたのかもしれません。

実際、事故から三ヶ月ほど経った頃の母は、常軌を逸していた部分がありました。結局デパートのパートタイムには復職せず、ずっと家で過ごしていたのですが、時折夕飯の支度をしている時など、誰に向けるでもない悪口を一人で呟いている時があったのです。

「ふざけやがって」

「人をバカにして」

「何でも思いどおりになると思うなよ」

包丁で大根なんかを切りながら、そんなことをブツブツと口の中で繰り返しているのですから、恐ろしくないわけがありません。そんな脈絡のない呪詛《じゅそ》の言葉を耳にするたびに、私は体中に鳥肌が立つのを感じていました。とにかく、早く父が母をお医者さんに連れて行ってくれればいい……と、毎日祈るような気持ちでいたのです。

その母が劇的に復調したのは、次の年の春のことです。

私が二年生の終業式を終えて家に帰ってくると、母は妙に上機嫌でした。それほど良くもない成績の通知表を笑顔で眺め、図工の時間に作ったボール紙の工作を褒めちぎり、硬筆習字（いわゆる『かきかた』です）で花丸をもらったものを、部屋の壁に嬉しそうに貼ったりしていました。

正直なところ、その極端な変わり方に不気味なものを感じないではなかったのですが、かつてのピリピリした雰囲気を思えば、歓迎すべき事態であることには違いありませんでした。

「通信簿がよかったから、ご褒美よ」

やけに浮かれている母は、ついにはサイフから百円硬貨を二枚取り出して、私の掌に載せました。事故に遭う前でも、滅多にお小遣いなどくれる人ではありませんでしたから、私は嬉しさよりも困惑が先に立ってしまったものです。

少し怖い気がして、私は早々に遊びに出ました。

（おばちゃま、どうしてるかな）

近所の路地を歩きながら、ふと、おばちゃまの笑顔を思い出しました。

母に会うのを禁じられて以来、私はおばちゃまの顔をほとんど見ていませんでした。年末、葉山の実家に帰る道すがら家に挨拶に来て、その時に言葉を交わしたのが最後です。

子供というのは逞《たくま》しいもので――おばちゃまに会うのを禁じられた当初は、私も突然一人ぼっちになってしまったような寂しさを感じていたものです。けれど、それを埋め合わせるように学校の友だちと遊ぶ時間を増やしていくと、寂しさは次第に薄れていきました。結果的に、「子供だから、子供と遊ぶように」と言った母の言葉は、間違ってはいなかったのだと思います。

けれど、その日――私は久しぶりにおばちゃまの部屋を訪ねてみようと思いました。もちろん母から出された禁令が解かれていたわけではありませんが、その日のご機嫌ぶりを見る限り、万一ばれても、そんなに怒られずに済むような気がしたのです。

それでも私は人目を忍ぶようにして、おばちゃまのアパートに続く道を歩きました。

やがて懐かしい建物が見えてきて、私は二階のおばちゃまの部屋の窓に目を向けました。

けれど――その部屋には、見覚えのあるオレンジ色のカーテンがかかっていなかったのです。

（えっ……まさか）

私は胸騒ぎのようなものを感じながら入り口から中に入り、靴を脱いで二階まで一息に駆け上がりました。そしておばちゃまの部屋の前まで来ると、二度三度ノックしてから、その引き戸を勢いよく左に滑らせました。

私の予感したとおり――その部屋の荷物はすべてなくなっていて、きれいに拭かれた畳表が、窓から差し込んでいる日の光を鈍く照り返しているばかりでした。

(そんな……おばちゃま)

そう、私が物心つく頃から一緒だった明恵おばちゃまは、この日、何の挨拶も残さずに一人、葉山の実家に帰ってしまったのでした。異常なくらいの母の上機嫌は、このためだったのです。

(母さんとおばちゃまの間に、いったい何があったのだろう)

がらんとした部屋の中を見ながら、私はようやく、そこに考えが至りました。

いくら何でも親族が、こんな別れ方をするはずがありません。きっと、母とおばちゃまの間には、私の知らない何かがあったのです――何かおおっぴらにはできない、特別な事情が。

4

けれど、私にそれを知るチャンスは、なかなかやって来ませんでした。

時が流れ、中学生になった時に、正面切って母に尋ねたことがあるのですが、詳しいことは何も教えてもらえませんでした。ただ短く、こんな言葉を呟いたのみです――

「あの子は世間に顔向けできなくなるようなことをした。だから姉妹の縁を切ったのよ」。

もちろん、それだけで納得がいくはずがありません。あの優しいおばちゃまが、いったい世間に顔向けできなくなるような、何をしたと言うのでしょうか。

私は葉山の家におばちゃまを訪ね、直接尋ねたいと思いましたが、母の手前、なかなか行きたいと言いだすことができませんでした。けれど時が経つにつれて、どうにも苦しい気持ちになり、とうとう中学二年の夏休みに、父にも母にも無断で葉山の祖父母の家を訪ねることにしたのです。おばちゃまは谷中のアパートを去って以来、結婚することもなく、ずっとその家に住んでいました。

「大きくなったわねぇ、ムッちゃん」

逗子の駅まで私を迎えに来てくれたおばちゃまは、開口一番に言いました。

ほぼ六年ぶりの再会ですが、私は十四歳になって背も伸び、おばちゃまと過ごしていた頃にくらべれば、それなりに女性らしくもなっていたと思います。

けれど、おばちゃまは、まだ三十四歳なのに、ずいぶん老けて見えました。豊かで艶《つや》やかだった髪がずいぶん抜け、肌もどこかくすんだ色になっています。

「やっぱりエンジンがポンコツだと、ガタが早く来ちゃうみたいよ」

おばちゃまは悲しくなるようなことを、さらりと言いました。けれど、優しい笑顔は少しも変わっておらず、それがなおさら言葉の悲しさを際立たせました。

「えぇっと、佑介ちゃんは元気？」

葉山方面に向かうバスに乗り込み、二人で並んで腰掛けてから、おばちゃまは尋ねました。

「うん、元気。元気すぎてうるさいよ」

「そう……いいわねぇ」

バスに揺られながら、おばちゃまは目を細めました。

佑介は、おばちゃまが谷中を去った次の年に生まれた弟です。私とは九歳も離れていますが、だからこそ可愛いと思える部分もありました。

その弟を自慢げに語る私を見て、おばちゃまはポツリと言いました。

「私も会ってみたいなぁ」

そう、おばちゃまは、佑介と会ったことがありませんでした。生まれた時に祖父母が病院まで来たのですが、その際、おばちゃまを同行してくることを母が頑なに拒んだのです。姉妹の縁を切ったのだから絶対に来るなと、凄まじい剣幕でした。

けれど——さすがに、大人気《おとなげ》ないと思います。母がそんな態度を取れば取るほど、母とおばちゃまの間にある事情というものが、私には気になりました。十四歳になっていた私は、その頃もまだ大人とは言えない年でしたけれど、さすがに八歳の頃よりは世の中を理解したつもりになっていました。ですから、母のおばちゃまに対する諸々の態度を考え合わせて、もしかしたら……という程度の、自分なりの推論を持っていたのです。

やがてバスを降りて祖父母の家に着き、私は温かく迎えられました。みんなは私が持参してきた佑介の写真を回し見したり、私の将来の夢の話をして一時を過ごしました。久しぶりにおばちゃまの作った料理に舌鼓を打ち、私は谷中でのおばちゃまとの思い出を、多少誇張気味に祖父母に話して笑いを取りました。

その夜こそ、私とおばちゃまが共に過ごした最後の夜だったのですが――後で父と母に叱られることにはなっても、やはり会いに来てよかった、と思ったものです。

その日の夜、私は再び湯呑の中の月を見ました。

再会できたのが嬉しくて、私は頼んでおばちゃまの部屋に一緒に寝かせてもらうことにしました。葉山の家のおばちゃまの部屋は広く、ちゃんと二枚の布団を敷くスペースがありました。そこで私たちは枕を並べ、明かりを消した後も、夜がふけるまでおしゃべりを楽しんでいたのです。

「そう言えば、おばちゃま……母さんが交通事故に遭った日の夜、湯呑の中にお月さまを入れて飲んだわね」

「ふふふ、そんなことも、あったわねぇ」

暗くした部屋の中で、おばちゃまは静かに笑いました。祖父母の家は海に程近く、言葉を交わす間にも、ずっと波の音が聞こえています。

「あれ、面白かったな……また、やってみたい」

「じゃあ、やってみる？」

そう言いながらおばちゃまは、そっと起き上がりました。

「水を汲んでくるから、待っててね」

おばちゃまが台所に行っている間、私は部屋のカーテンとサッシ窓を開けました。潮の香りの強い風が流れ込んできて、波の音がいっそう大きくなります。

外に身を乗り出してみると、月は出てはいましたが、ちょうど母屋の屋根に隠れてしまいそうな位置にあって、湯呑の中に招き入れるのは少しばかり技が要りそうだ……と私は思いました。

「おまたせ、ムッちゃん」

やがて二つの湯呑を載せたお盆を持って、おばちゃまが戻ってきました。さっそく片方を取ろうと手を伸ばして、私は思わず声をあげてしまいました。なぜなら片方の湯呑は、私が昔、おばちゃまの部屋で使っていた『トッポ・ジージョ』のマンガ入りの子供用湯呑だったからです。

「おばちゃま……これ、捨ててなかったんだ」

「捨てられるわけがないでしょう」

外からの薄い月明かりを受けて、おばちゃまは昔どおりの顔で笑いました。そう、おばちゃまは、そういう人です。優しくて——とてもとても情の深い人。

「さぁ、お月さまをつかまえましょう」

おばちゃまのその言葉を合図に、私たちは部屋に差し込んでくる光の果てにある月を、小さな湯呑の中に招きいれようと、腕をいろいろな角度に曲げたり伸ばしたりを繰り返しました。

「今日のお月さまは、まだ高くないから難しいわね。うちの屋根に隠れてしまいそうだし」

楽しいゲームをしているように、おばちゃまは弾んだ声で言いました。私も負けじと湯呑を動かしたのですが、確かに月はまだ低く、いつかのようにすんなりと入ってくれませんでした。

(つかまえた!)

五分ほど努力をした頃でしょうか。

私のトッポ・ジージョの湯呑の中に、不意に小さな丸い光が浮かび上がりました。私は喜び勇んで、おばちゃまに報告しようとしたのですが――その寸前に気づいたのです。

（これって……お月さまかしら）

その時、私が立っていたのは部屋の窓辺ではありましたが、ともすれば月の光が遮られてしまいそうな隅の方でした。いえ、はっきり言うと、私が立っていた場所には、足元のところまでしか月の光が届いていなかったのです。

けれど私が胸の高さに持っている湯呑の中には、明らかに丸い光が映っています。そっと揺らすと水と一緒にふるふると揺れるので、〝映っている〟のは間違いありません。けれど天井を見ても、月の光を跳ね返すようなものもなければ、別の光源があるわけでもありませんでした。電灯はもとより、豆電球さえ消えています。

（何の光なの……これは）

その小さな光をじっと見ていると――その中に一瞬だけ、小さな桃色の唇のようなものが映りこむのが、はっきりと見えました。それも大人のものではなく、少し緩んだ小さな唇……明らかに赤ちゃんの唇です。

そうだと気がついた時、私は思わず湯呑をつかんでいた手を離してしまいました。湯呑はそのまま畳の上に落ちて、水があたりに飛び散ります。

「あらあら、ムッちゃんは相変わらず、そそっかしいのねぇ」

おばちゃまは笑いながら、その湯呑を拾い上げようとしました。

「おばちゃま、教えて」

私は謝ることも忘れて、尋ねてしまいました。

「六年前に、母さんと何があったの？　もしかして、父さんとおばちゃまは」

「ムッちゃん」

私の言葉を遮るように、今まで聞いたことのないような強い口調で、おばちゃまは言いました。

「別に何もなかったわよ」

湯呑を拾い上げ、それを手の中で弄《もてあそ》びながら答えます。

「もし何かあったのだとしても、それはムッちゃんには関係のないこと……ムッちゃんは知らなくっていいことなのよ」

そう言っておばちゃまは、逆光の月明かりの中で微笑みましたが——泣いているようにも見えました。

おばちゃまが朝の砂浜を散歩中にひどい発作を起こし、そのまま世を去ってしまったのは、その六年後の秋のことです。享年四十で、未婚のままでした。

姉妹の縁を切ったはずなのに、訃報に接した母は人目もはばからず泣きました。その時、まるで自分に言い聞かせるように、「明恵、あんたが悪いんだからね」と繰り返していたのが、私の耳の奥に残っています。

葬儀は逗子の斎場で執り行いました。

秋晴れの穏やかな日曜日で、周囲には背の高い建物がないため、空がどこまでも広く見えました。参列者の少ない静かな葬儀でしたが、その穏やかさがおばちゃまらしくもありました。

告別式の後、斎場の広間で火葬が終わるのを待っている間、泣き疲れた母が私のところに来て、昔の出来事を話して聞かせました。おばちゃまは知らなくてもいいと言ったことを、母は懺悔《ざんげ》のつもりなのか、あるいは自分が背負った荷物の重みを私にも分け与えようというのか、問わず語りに話しだしたのです。

大方は、私が想像していたのと同じようなものでした――いつの頃からだったのでしょう、私の父とおばちゃまは、道ならぬ間柄になっていたのです。

「初めは同情からだったとかなんとか、言っていたけどね……あの子は子供の頃からそうなのよ。黙っていても、まわりの人が勝手に気を使ってくれるの。親にも、すごく大事にされていたし」

その時、父は広間のはずれで親類とビールを飲みながら、何ごとか熱心に語り合っていました。その赤らんだ顔と葬儀の席には不似合いな身振り手振りが、私の神経を逆撫《さかな》でしました。まさか過去の自分の悪行が話題になっているとは、思ってもいないようです。

「交通事故に遭って入院している時に気づいたんだけど……その時は、さすがにまともな神経じゃいられなかったわ。私はしばらく意識を取り戻さなかったらしいけど、その間に二人がどんなことを考えていたかと思うと、もう腹が立って」

父の気持ちは私の考えの及ぶところではありませんが——少なくとも、おばちゃまは母の回復を真剣に祈っていたはずです。そうでなければ湯呑の中のお月さまにお願いすることなんて、思いつくはずがありません。

「しかも、あの子……赤ちゃんができたのよ。体が弱いくせに、そういうところは普通なんだからイヤになっちゃうわ」

母は吐き捨てるように言いました。

「一人でも産んで育てるとか、ふざけたこと言ってたんだけどね……さすがにそれは困るって、始末させたのよ」

始末——できれば実の母の口からは、聞きたくない言葉でした。

「別に父さんをくれって言うんじゃないなら、そうさせてあげればよかったのに」

私は心に棘を刺されたような気持ちで言いました。おばちゃまは、あんなにも情の深い人でしたから——そうすることを決断した時は、どれほど辛かったでしょうか。

「何言ってんの」

私の言葉に、母は目を剝いて、同じ言葉を二回繰り返しました。

「あんたがいたからでしょうが……あんたがいたからでしょうが」

思わず私は固く目をつぶりました。

あの夜、湯呑の中に浮かんだ小さな光——その中に、確かに赤ちゃんの唇のようなものが浮かんでいたのを、私は見ました。見間違いでなければ、あれはもしかしたら、私の母親違いの弟か妹だったのでしょうか。

思えば、湯呑の中に浮かんだ月よりも、何倍も何十倍も儚《はかな》い光でした。

「母さん……どうして、私にそんなことを話すの」

話が一通り終わったところで、私は詰《なじ》るような気持ちで母に尋ねました。

きっとおばちゃまは、私がこの事実を知って後ろめたさを感じたり、苦しむのがいやだったのでしょう。だからこそ、何も話さずに逝ってしまう方を選んでくれたのに。

「だって……みんな、あの子のことばかりチヤホヤして……おじいちゃんも、おばあちゃんも、父さんも、あんたも、いっつも明恵、明恵って……私だって、好きであの子の姉さんになったんじゃないのよ」

母は強い口調で言うと、そのまま厚い掌で顔を覆って泣きました。

その悲鳴のような言葉が、私の問いかけへの答えになっているとも思えませんが——

肩を震わせて泣く姿を見た時、私は生まれて初めて、母が悲しいくらいに小さく、誰より愛しく思えたのです。

花、散ったあと

つつじの頃は、何かと難しい。

晴れていても肌寒い日があれば、太陽が雲に隠れているのに暑い日もあって、長袖にするか半袖にするか、上着を着ていくか否か、どうにも判断に苦しむ。天気もはっきりしない日が多く、傘を持って出た方がいいのか、それとも手ぶらで逃げ切れるのか、玄関先で空を見上げて悩むこともしばしばだ。

今日は判断を誤った。家を出る時は、今にも降り出しそうな雲行きで気温も低かったのに——小一時間ほど電車に乗っている間に空は晴れ渡り、とたんに黒いコウモリ傘と上着は手をふさぐ荷物になってしまった。これだから、つつじの頃は。

最寄り駅から歩いて病院の前にたどり着いた時、私はほんのりと額に汗をかいていた。入り口近くに置いてある灰皿のまわりで何人かの入院患者が煙草を吸っていて、つい反射的に貴明の姿を探したが、例のアヒルのような顔は見当たらなかった。少し遅れて、かなり前に煙草はやめた……と言っていたのを思い出す。

（ずいぶん古い病院だな）

そう思いながらガラス扉の玄関をくぐると、もう一つ扉があった。自動だが年代物らしく、途中で何かに引っかかったような動きをして、ギギッと妙な音を立てた後で開く。レールに異物でも挟まっているのかもしれないが、たったそれだけのことで、この病院に対する信頼が揺らぐような気がした。

（入院するなら、もっとマシなところにすればいいのに）

そう思いながらロビーに入ると、思いがけず多くの患者が診察を待っていた。もしかすると評判はいいのかもしれないとも思ったが、土地柄か、その大半は老人だった。

確か三〇二号室にいると貴明が言っていたのを思い出し、私はエレベーターを使って三階に昇った。ストレッチャーに寝かせたままの患者を乗せられるよう、やたらと奥行きのあるエレベーターだが、スイッチはボタンの出っ張った懐かしいタイプのものだった。四方はステンレス張りで、箱の中はヒンヤリとした冷気に満ちているような気がする。

三階に着き、表示に従って二号室に行くと、部屋の入り口に貴明の名前は表示されていなかった。通りかかった肉感的な看護師さんに尋ねると、彼女は忙しそうに早足で歩きながら、廊下の突き当たりにある六号室に私を案内してくれた。風を通すためか、部屋の扉は開け放たれていて、ベッドサイドに吊られたカーテンが揺れているのが見える。

覗きこむと十畳くらいの部屋の真ん中にベッドがあり、白っぽいパジャマを着ている貴明が体を起こしているのが逆光に浮かんでいた。昼の退屈そうなテレビの音がしていたが、彼は画面にそっぽを向いて窓の方を見ている。

「貴明」

私が声をかけると彼はハッとして顔を向けたが、やはり逆光で表情はよくわからなかった。

「よう、シンちゃん……来てくれたんだ。バッカでぇ、こんな天気いいのに傘持ってやんの」

「来いって電話してきたのは、お前だろうが……傘はほっとけ」

部屋の中に彼以外の人間がいないのを確かめて、私は砕けた口調で言った。小学校からの付き合いの彼と話す時は、いつでも子供に返る。

「個室に入ったって聞いてなかったから、最初に二号室に行っちゃっただろうが」

私はわざとぞんざいに、持ってきた見舞いの品を彼のベッドの足元に置いた。頼まれていたとおり、有名洋菓子店のクッキーの詰め合わせ――胃を切った彼に食べ物は禁物だが、子供たちが喜ぶからとリクエストされたのだ。

「実は隣のベッドのヤツが、すごいイビキでさぁ……看護師さんにとても眠れないって言ったら、ここが空いてるからって変えてくれたんだ。もちろん差額ナシで」

「そりゃ得したな。そんなにすごいイビキなのか」

「そりゃあ、すげぇよ。ガラスがビリビリ震えるくらいなんだぜ」

「ははは、ウソつけ、この野郎。まったく……相変わらずだな」

笑いながらベッドサイドの椅子に腰を降ろしたが——正直なところ、私はその時点で、言いようのない不安を感じ始めていた。声はいつもの宮本貴明そのものだったけれど、顔の肉はげっそりと落ち、眉や髪が薄くなって、別人のような面差しになっていたからだ。こんなに痩せた彼を、今までに一度も見たことがない。

彼から連絡を受けたのは、一週間前の夜だった。便りのないのはよい便りとばかり、私たちは一年以上も音沙汰なしでいたが、久しぶりに彼が電話してきたのだ。

「実は潰瘍になっちまってさ……胃を切ったんだよ」

その時の彼の声は明るく力に満ちていて、微塵の深刻さも感じられなかった。むしろ四十代も半ばを過ぎれば誰でもやることだというような、気楽な口調だった。

「退屈だから、見舞いに来てくれよ。荒川の××病院の三〇二号だ。当たり前だけど、手ぶらで来るんじゃねぇぞ」

相変わらず私の都合を聞くこともなく、彼は一方的に見舞い品のリクエストをして電話を切った。私は受話器を持ったまま苦笑したが、やはり兄弟同然（そう、三十五年以上も付き合った幼なじみは、兄弟も同じだ）の彼が入院したと聞いては、無視するわけにもいかなかった。けれど仕事の都合が許さず、実際に訪れることが今日までできなかったのだ。

電話の際に彼自身がした説明を信じ込んで、私は能天気にもたいした病状ではないと思っていたが——実際に痩せ細った姿を目にすると、もしかすると、またやられたかもしれない……と思わざるを得なかった。そう、彼はいつも平気でウソをつく。

「お前さ……電話じゃたいしたことないって言ってたけど、もしかすると、けっこうヤバいんじゃないのか」

各々の家族の話や共通の友人の話をした後、やがて正面切って尋ねた。そういうことができるのも、兄弟同然の仲だからだ。

「いや、本当にたいしたことはないんだよ……たぶん、もうすぐ退院できる」

「あぁ、そうなのか」

貴明の言葉に私は答えたけれど——彼の手の甲に浮かび上がっている血管を見ると、やはり痩せ過ぎている気がした。入院したのは三週間ほど前だと聞いたが、そんな短期間に、ここまで肉が落ちてしまうものだろうか。

「念のために言っとくけど、俺とお前の間で水臭いことはナシだからな」

私が語気を強めて言うと、彼はしばらく黙り込んだ後、やがて頭を掻きながら白状した。

「やれやれ、シンちゃんにはかなわねぇなぁ」

やはり私が思ったとおり――彼は深刻な癌に冒されていて、すでに何箇所かに転移していたらしかった。大部屋から個室病室に移されたのも、本当は治療の必要のためだという。隣の患者のイビキ云々というのは、彼一流のウソだった。

「何で、そんな大事なことを黙ってるんだよ、お前は」

「心配かけたくなかったんだよ。だってシンちゃん、体はでっかいくせに気は小さいだろう……俺のことを心配してたら、シンちゃんの方が病気になっちまう」

「余計なお世話だ、この野郎」

動揺を悟られたくなくて、わざと荒っぽい口調で言ったが、途中で声が裏返るのが自分でもわかった。

「で、どうなんだよ？　医者は何て言ってるんだ？」

「それが暗い展望ばかりじゃないんだよ。転移したところを丁寧に取っていけば、十分希望があるんだって」

「そうか」

うなずきながら、またウソかもしれない……と思った。何せ彼の小学校の頃のアダ名は『フカシマン』――やたらとウソをつくことで有名だったのだ。それもまったく必要のないウソや、すぐにバレるようなウソを。

けれど私は、そのウソを暴こうとは思わなかった。むしろ、そのウソにすがりたい気持ちの方が強かったからだ。こういうところが、気が小さいと言われる所以《ゆえん》なのだろう。

「まぁ、四十六年も生きてれば、いろんなことがあるよねぇ」

ベッドの上で背伸びしながら、まるで他人事のような口調で貴明は言った。こういうタフなところは嫌いじゃない。

「呑気な調子で言ってるんじゃないよ。お前、浩子さんとか大輝くんたちのためにも、しっかり治さないとダメだろうが」

浩子さんは貴明の五つ年下の奥さんで、大輝くんは中学に入ったばかりの長男だ。その下にもう一人、恵梨香という小学生の女の子がいるが、貴明の影響を色濃く受けたのか、みんな明るくて鷹揚な性格をしている。

「そうだ、大事なことを忘れてた……今話したこと、家族には内緒にしててくれよな」

私の言葉に、貴明は思い出したように言った。

「もしかして知らないのか？　浩子さんたち」

確かに貴明の性格を考えると、家族に余計な心配をかけまいと、本当のことを隠している可能性がないでもなかった。一人で全部背負い込んでしまうのは、彼の昔からの得意技だが——けれど、これだけ面変わりするほど痩せていれば、いくらおっとりした浩子さんでも、おかしいと感じていないはずはない。

「それが、面白いんだよ……その逆なんだ」

私の質問に貴明は身を乗り出して、目をキラキラさせて答えた。

「逆って、どういうことだよ」

「浩子たちは、俺の病気のことをちゃんと知ってるよ。でも……俺が知らないと思ってるんだ」

おそらく初めに病気がわかった時、医者は妻の浩子さんに話したのだろう。そこで本人に告知するべきかどうかの相談がなされたようなのだが――どうやら浩子さんは、貴明に告知しない道を選んだらしいのだ。もちろん彼女なりに、夫を思っての決断なのだろう。

「じゃあ、どうしてお前は知ってるんだ？」

ほんの少し前に医者の見解を教えてくれたくらいなのだから、ちゃんと医者とも話をしているのだろうに。

「誰とは言えないんだけど、ちゃんと聞いたんだよ……世の中には、いろんな抜け道があるもんだからな」

何だかわかったような、わからないようなことを貴明は言った。つまり医者か看護師の誰かが、家族に内緒で本人に漏らしてしまった……ということだろうか。

(何てヤツだ)

その未知の人物に対して、私は強い怒りを感じた。おそらくは関係者だろうが、彼らには職務上の守秘義務があるはずだ。貴明に頼み込まれたのかもしれないが、そんな大切なことを筒抜けにしてしまうなんて。

「シンちゃん、そんな顔するなよ。そのおかげで、俺はすごく幸せなんだから」

私が黙り込んでいると、機嫌を取るような口調で貴明は言った。

「知らん振りして見ているとさ、みんなが俺にバラさないように一生懸命になってくれているのが、よくわかるんだよ。全部ぶちまけた方が絶対に楽なのにな……あぁ、こんなに俺のことを考えてくれているんだって、つくづく感じるんだよ。まぁ、悪いって言えば悪いんだけどさ」

そう言われてしまうと、私には返す言葉がなかった。彼が、けして恵まれていたとは言い難い家庭に育ったのを知っているだけに。

「どうせなら俺、このまま騙されていようと思うんだ。だからシンちゃんも浩子たちには、俺が知ってるって言わないでくれよな」

そんな重要な約束をするのは御免こうむりたかったが、断れる状況でもなかった。本当にいつも、面倒ごとばかり持ってくるヤツだ。

「あぁ、わかったよ……でも、なるべく早いうちに、本当のことを浩子さんに言った方がいいぞ。きっと、すごいストレスになってるはずだからな」

「うん……それはわかってる」

そう言って貴明は、ほんのりと無精髭の伸びた頰を撫でて笑ったが――その笑顔を見た時、私は何の脈絡もなく、もしかすると彼と会うのは、これが最後かもしれない……という気がした。

「お前、絶対治せよ。俺たち、まだ四十六だろう？　これから面白いことがいっぱいあるんだからよ」

私が言うと彼は笑いながら、親指をぐっと突き立てた。

＊

思えば私と貴明の関係は、愛情を込めて〝腐れ縁〟と呼ぶにふさわしい。

私は小学校二年の時、他県から足立区の都営住宅に移ったのだが、越してきた翌日、近くの公園で話しかけてきたアヒルのような顔をした少年が、貴明だった。

「君、昨日越してきた子？　俺、同じ号棟の二階に住んでるんだ。よろしくな」

その頃から彼は開けっぴろげな性格で、やたらと喋るのが好きなヤツだった。見ず知らずの土地へ来て心細かった私にすれば、ありがたい存在である。

「じゃあ友だちになった印に、面白いところを教えてあげるよ……この間、飛び降り自殺があったマンション」

　そんなものの何が面白いと聞かれても困るが、私はけっこう喜んで彼の自転車の後ろに乗り、そのマンションに出かけたものだ。子供というのは、たいてい猟奇趣味である。

「ほら、ここだよ……ここの十三階から、女の人が飛び降りたんだ」

　そこは当時としては珍しい高層マンションだったが、彼に案内されるままに裏手に回ってみると、建物に接した自転車置き場の一角に、本当に花束が置いてあった。

「実は俺、現場を見ちゃったんだよね」

　その花束を見ながら、貴明は小さな声で言った。

「四十歳くらいのおばさんが飛び降りたんだけど、その人、足から落っこちてさ。両方の腿から折れた骨が飛び出てたのに、百メートルくらい歩いて、自分で救急車を呼んだんだぜ……すごく痛そうにしてた」

　想像するだけで気が遠くなりそうな光景だが、貴明が迫真の演技でその様子を再現して見せるものだから、怖さは何倍にも膨れ上がった。思えば自殺現場で死んだ人間の物真似をするなんてバカとしか思えないが、貴明はそういうヤツなのだ。

　その時、近くに止めてあったサイクリング車が、いきなり倒れた。片側にしかスタンドのないタイプなので倒れやすいのだろうが、そのタイミングがあまりに良すぎて、私には霊魂からの抗議だとしか思えなかった。

思わず悲鳴を上げて走りだすと、貴明も泣きそうな顔で後を追いかけてきた。さらには近くにあった三輪車に足を取られて転び、彼は膝と肘から派手に流血するという大惨事だ。

あれは絶対に呪われたのだ――私はそう信じていたが、後になってから、彼の話がかなり怪しいとわかった。私は彼から聞いた話を二つ年上の姉にしたのだが、やはり新しくできた友だちに姉が確かめてみたところ、飛び降りたのは若い男性で、ほとんど出血もなかったというのだ。

「俺は、そういうふうに聞いたんだけどなぁ」

私が真偽を質すと、貴明の主張は簡単に揺らいだ。現場を見たと言っていたのは、いったい何なんだ。

結局、この件はうやむやになったが――良く言えばホラ吹き、悪く言えば虚言癖の傾向が彼にあることに気づくのに、大した時間はかからなかった。

本当に彼は、つく必要のないウソを、わざわざつくのである。

学校の帰りに巨大な葉巻型の母船ＵＦＯと、そこから飛び出す小型ＵＦＯを見たとか。

親戚のお兄さんが、はっきりとツチノコの写った写真を持っているとか。

お父さんと富士山に登った時、本物の『マジンガーＺ』が歩いているのを見たとか。

なかなか巧妙で、つい信じたくなるものもあったが、たいていはすぐにウソとわかるものだった。最初のうちは私も信じようとしたけれど(友だちを疑うのは、よくないことだろう?)、やがては初めから冗談と割り切って聞くようになった。けれど、そういう割り切りができない友だちからはウソつき呼ばわりされ、とうとう彼は『フカシマン』というありがたくないアダ名までつけられてしまった。それでもウソをやめないから、一時はクラスの中で除《の》け者《もの》扱いされていたこともある。

「お前さ、何でウソなんかつくわけ？　ウソはよくないって、先生も言ってただろ？」

そんなふうに一度、尋ねてみたことがある。初めのうちは貴明も「ウソなんか、ついたことないよ」とか、「シンちゃんだけは信じてくれ」だのと往生際の悪いことを言っていたけれど、とうとうポツリと白状した。

「だってよ……その方が面白いじゃん」

それは確かにそのとおりで、葉巻型UFOもツチノコもマジンガーZも、実在した方が面白いに決まっている。本物のマジンガーZがガシンガシンと歩いているところを私だって見たいと思うが、やはり、それを「実際に見た」と言ってしまうのは問題があるだろう。

「どうして貴明って、すぐにウソつくのかな」

何かの折、私は母に尋ねてみたことがある。

「このままじゃ、あいつ、誰からも信用されなくなっちゃうよ」

「そうだねぇ」

確か夕食の片付けをしながら、母は答えてくれた。

「やっぱり貴明君、寂しいのかもしれないね」

その時初めて彼の母が、彼が幼い頃に蒸発してしまったことを教えられた。確かに同じ号棟に住んでいながら、ただの一度も彼の母の姿を見たことがないのを不思議に感じてはいたが——何となく聞きづらくて、彼に尋ねたことは一度もなかったのだ。私の母は住宅内の主婦のネットワークで、ずいぶん前から知っていたらしい。

「蒸発したって、どういうこと？」

「よくはわからないけど……別の男の人と、どこかに逃げちゃったみたいよ」

母も口が軽いとは思うが、むしろ、それにまったく気づかずに彼に接してきた自分が、ずいぶん間抜けなように思えた。いつも明るい彼を見ている限り、そんな悲しい事情を背負っているようには、まったく思えなかったからだ。

もちろん母親が蒸発したからといって、ウソをついていいことにはならない。

けれど十歳前後の少年にとって、母親が自分を捨てていったという事実が辛くないはずがなかろう。だから少しでも楽しい気分になれるなら、人を貶めるためのものでない限り、ホラだろうがウソだろうが、大目に見てやってもいいのではないだろうか。

それ以来、私は貴明がどんな突拍子のないことを言いだしても、笑って聞き流すことにした。いや、むしろ面白がって、こちらから質問して話を広げるようなこともあったくらいだ。

だから私の知る限り、彼は普通ではできない体験を山のようにしている。

小さい頃、デパートの屋上から落ちたけれど、一階の入り口にあるビニールの日よけでトランポリンのように跳ね返って再び屋上に戻ったこともあれば、銀座を歩いていたら山口百恵とばったり会い、できたばかりのマクドナルドでハンバーガーを奢《おご》ってもらったこともあるらしい。また、駅前で拾ったサイフの中に五百万円入っていたので警察に届けたのに、落とし主がケチでお礼をくれなかったことや、自転車で環七を渡ろうとした時に信号無視のトラックが突っ込んできて、『仮面ライダー』ばりに自転車ごとジャンプして助かったこともあるのだ。

当然、どれも本当のはずはないが——きっと彼も、いつも笑って聞いていた私には、思いつくままに平気でウソがつけたのだろう。

だから小学校時代から大人になるまで、私はさんざんに彼の妄想のような話に付き合ったのだが、その彼がただ一度、「これだけはウソだと思われたくない……だから、シンちゃんにも話さないようにするよ」と言ったことがある。

その時は特に気にも留めずにいたのだが、やつれた貴明と話しているうちに、私はふとそのことを思い出した。

「なぁ、お前さ……昔、そんなことを言ってたことがあったよな」

私が尋ねると、貴明は笑ってうなずいた。

「うん、確かに言ったよ。いつもみたいに話したら、シンちゃんは絶対にウソだと思うに決まってるからさ。何か、もったいない気がして」

「それって、いつの話だったっけ？」

「俺が宮ノ前のシンちゃんのアパートに転がり込んでた時だから、二十一歳の頃かな。そうかぁ、もう二十五年も経つんだ」

貴明はベッドに横たわり、天井を見ながら目を細めた。

「それって、どんな話なんだよ」

「へへへ、それは秘密。やっぱり、これだけはウソだって思われたくねぇからさ」

いつもなら、それ以上の追及はせずに違う話題に移ったりするのだが、なぜだか今日は、ちゃんと聞いておいた方がいいような気がした。『フカシマン』の異名を取った彼が、絶対にウソだと思われたくないと感じている思い出――それを親友の私が知っておいてやらないで、どうするのだ。

「絶対にウソだって思わないからさ。いい加減、教えろよ」

「そうだなぁ……確かに話しておいた方がいいかな。だって、トッカンババァを知ってるのはシンちゃんだけだし」

「トッカンババァ！」

思いがけない単語が飛び出てきて、つい私は大きな声を出してしまった。トッカンババァ――懐かしくもあり、思い出したくなかったようでもあり。

「何か……その名前が出てきただけで、どうでもいい気分になってきたな」

「まぁ、聞けよ、シンちゃん」

話し渋っていたはずの貴明は、わざわざ身を起こして言った。

＊

その一時間ほど後、私は都電の駅に向かっていた。

貴明の話を聞いて、かつて学生時代を過ごした町を訪ねたくなったからである。そこは彼が入院している病院から、そう遠くはない。

そもそも、この界隈に住んだのは、貴明よりも私の方が先だった。大学に入ったのを契機に、どうしても一人暮らしがしたくて、安いアパートを見つけて移り住んだのである。自宅からも十分に通学は可能だったが、十代後半の男なんて、家を出たくてウズウズしているものだ。

その頃、貴明は上野にあるレストランで働いていたが、ちょっとした事情があって二十一歳の一時期、私のアパートに転がり込んできたことがあった。十ヶ月ほどの同居生活だったが、彼はこの町の雰囲気が気に入って、やがては自分でも近くにアパートを借りた。その後、就職して私は別の町に移ったが、彼は時に応じて居を移しながら、この界隈に住み続けていたのである。

私は町屋駅前から都電に乗り、宮ノ前という駅で降りた。ここから商店街の方に少し歩いたところに、私が学生の頃に住んでいたアパートがある。

この界隈を選んだことに、特に大きな理由はない。単に情報誌で見つけたからだが、今にして思えば、なかなか当たりだったと思う。学校には都電で安く行けたし、JR田端駅も利用できる。幸いかからずに済んだが女子医大病院が近くて、万一の時も安心だ。また何より――昔のままの狭い路地が続く町並みが、私の好みにぴったりと合っていた。

聞くところによると昭和の初め頃は近くのお寺から温泉が出ていて、そのために周囲はかなり賑わっていたそうだ。いわゆる〝三業地〟というやつで、有名な『阿部定事件』が起こったのも近くらしい。やがてお寺の温泉が涸れてしまったことで寂《さび》れたそうだが、私が住んだ昭和五十年代後半には、その賑わいの名残はすでになかった。どちらかというと下町の住宅街という趣で、静かで落ち着いていたという印象の方が強い。

（あぁ、久しぶりだな）

訪れるのは二十余年ぶりだが、記憶を頼りに路地を歩くと、やはり、そこかしこに時の流れを感じた。大きな変化はないようにも見えるが、細かなところが変化しているのだ。よく通ったラーメン屋は廃業し、いつもビールを買っていた酒屋は営業こそしていたものの、棚に商品はほとんど並んでいなかった。空き地だった場所には小ぶりなマンションが建ち、いくつかあった町工場は、やはり住宅に変わっていた。

やがて私が住んでいたアパートがあった場所にたどり着いたが、そこも個人の大きな住宅に変わっていた。それとて真新しいわけでもなく、おそらく私がこの町を出てから数年もしないうちに、あのアパートは取り壊されたのだろう。二階建ての小さな建物だったが、あの頃からすでに外壁のコンクリートはひび割れていたし、外付けの鉄階段は錆だらけだった。

あえて名残を探すとすれば、路地の前にあるコンクリート電柱——昔はここがゴミの集積場になっていて、トッカンババァの部屋の荷物を出した時、私と貴明は何度もアパートと電柱の間を往復したものだ。特に理由はないが、一つ荷物を運ぶたびに、その電柱に張ってあった某政党のポスターの政治家の顔にパンチを入れる、というムダな遊びをしていたのを覚えている。

「トッカンババァ……ねぇ」

私は電柱の横に立ち、その名を声に出して呟いてみた。その瞬間、あのしゃがれた声が、どこからか聞こえてくるような気がした。

私の部屋は二階の手前、一番階段寄りのところだったが、トッカンババァの部屋は突き当たりの奥の部屋だった。その二つに挟まれた部屋には、初めは私と同年代の学生が入っていたが、トッカンババァの騒々しさに負けて一年足らずで引っ越してしまった。その後、人の良さそうな中年男性が入居したが、その人も半年くらいで出て行ってしまったと記憶している。

トッカンババァは見た目は六十歳くらいで、ガリガリに痩せた女性である。おそらくは酒で潰れたのだろう、いつもノドに痰が引っかかったようなガラガラ声をしていて、貴明が初めてその声を聞いた時、「何かトッカンみたいな声だな」と言ったところから、そのアダ名がついたのだ。本名は覚えていないが、このアダ名ができてからは呼ぶ必要もなかったから、どうでもいいだろう。

ちなみにトッカンというのは、私たちが子供の頃に放送されていた外国製アニメの主人公である亀の名前だ。すでに正しいタイトルもストーリーも覚えていないが、騎士のような帽子をかぶってサーベルを携え、なぜかムクムクした犬を相棒にして旅をしていたと思う。体は小さいけれど勇敢で、サーベルを構えて「トッカーン、進めーっ！」と走りだすのが決めゼリフのようなものだった。このトッカンの声を当てていたのが、しゃがれ声の芸人さんだったのである。

アニメのトッカンは元気いっぱいの人気者だったが、その名を冠したトッカンババァは、狂気いっぱいの困り者だった。

ふだんは無口で気難しそうな女性に過ぎないのだが、突然夜中に叫びだし、部屋の中の物を引っくり返して暴れまわるのである。一人暮らしで家族もいないから制する人間もなく、それこそ半年に一度くらいはパトカーが駆けつけてくることもあった。

何かの病気だったのかも知れないが、深夜の二時くらいに暴れられた日には、本当に参ってしまう。もちろん苦情を捻じ込んだところで何にもならないから、たいていの場合は嵐が過ぎ去るのを待つしかない。一度、大切な試験の前の日にやられた時は、本当にロープで縛ってやろうか……と思ったほどだ。

トッカンババァは私が越してくる前から住んでいて、大家のおばさんの話によれば、入居して来た時は普通のおとなしい女性であったという。何かは知らないが勤めもしていて、狭いベランダに花の鉢をたくさん並べ、まめまめしく世話をしていたそうだ。私が入居する一年くらい前から少しずつおかしくなって、いつのまにか、あんなふうになってしまったらしい。

実際トッカンババァには、私もほとほと悩まされた。アルバイトに追われて部屋で過ごす時間が少なかったのと、すぐ隣というわけではなかったので我慢もできたが、金があったら、さっさとアパートを替わっていただろう。

そのアパートに貴明が転がり込んできたのは、私が大学三年に進級するのと、ほぼ同じ時期である。

先にも言ったように彼は上野のレストランで働いていて、どうしても朝起きられなくてクビになりかけてるから、少しでも上野の近くに住みたい……というのが表向きの理由だったが、実際は父親がどこかの女を家に入れてしまって、どうにも居辛くなったためらしい。当時の私は慢性金欠状態だったので、家賃を半分出すという彼の申し出は悪いものではなかったし、中学の時に大好きだった青春ドラマ『俺たちの旅』および『俺たちの朝』の影響がなかったとは言わない。

私と貴明にホモっ気があったわけでは断じてないが、二人での暮らしは悪いものではなかった。貴明はちょくちょく店から残り物をくすねてきたので食費も切り詰められたし、何より話し相手がいるというのはいいものだ。学生と社会人では生活時間が違うから、それなりに一人の時間も確保できたし、いざという時に金の貸し借りが簡単だったのもよかった。結局、私に恋人ができたのをきっかけに解消されてしまったのだが、あの十ヶ月ほどの貴明との時間は、私の人生の一つの黄金期であったのは間違いない。

その生活の中でアクセントになっていたのが、トッカンババァの存在である。

お互いがいない時間に目撃したトッカンババァの奇行を報告することが私たちの娯楽

のひとつになっていたが、その時はまさしく貴明の独壇場であった。私はとりあえず見たままにしか話さないのだが、『フカシマン』貴明は、当然のように尾ヒレをつけまくる。基本は実際に見たことなのだろうが、それに何倍もの肉付けが為されているのだ。

「今日、午前中に階段ですれ違ったら、向こうが会釈するんだよ。だから俺も頭を下げて挨拶したら、何回も何回も頭下げてくるんだ。おかしいなぁって思ったら、キッと顔を上げてよ、『私は赤べこの真似をしてるだけなんだから、邪魔しないでちょうだい！』だってよ」

「この間、ベランダで洗濯物を干してたみたいなんだけどよ、何か歌ってるんだよな。何の曲だろうと思って耳を澄ましたら、どうも郷ひろみの『哀愁のカサブランカ』みたいなんだ。若い歌知ってんなぁって思ってたら、途中からアース・ウインド・アンド・ファイアーの『宇宙のファンタジー』になってやんの。何でだよ」

「今日、熊野前商店街で見かけたんだけどよ、肉屋の店先で揚げ物買って、齧りながら歩いてたぜ。でもよ、そういうのって、たいていコロッケくらいだろ？　よく見たら、でっかいトンカツなんだよ。それって飯だろ、もう」

　万事こんな具合だったが、おそらく本当なのは前半分だけで、後ろの方は貴明の捏造だったに違いない。あくまでも与太話として笑えることが肝心なので、どこまで本当かなんて、大して意味はないのだ。

けれど、その貴明の話のおかげか、私の中のトッカンババァのイメージは、しだいに柔らかいものに変わっていた。以前は、ただ異常な行動を取る困ったおばさんだったのが、どことなくお茶目なふうにも思えるようになったのだ。実際のトッカンババァは何も変わっていなかったに違いないが、あくまでも私たちのイメージの中で、彼女は地域限定のお笑いスターのようになった。それこそ、どこかに消えて欲しいとまで思っていたのに、いつのまにか、次は何をしでかしてくれるか……という気持ちまで生じたのだから、世の中は何でも気の持ちようである。

だからトッカンババァが京浜東北線の某駅で飛び込み自殺をした時は、さすがに少し後ろめたい気がした。

私たちの話が本人の耳に届いていた可能性はゼロのはずだが、笑い者にしていたことには変わりないのだから、そう感じるのが人間というものであろう。大家のおばさんにトッカンババァの部屋の片付けを頼まれた時も、無下《むげ》に断ってしまう気にならなかったのは、そのせいだ。

「あの人、どこにも身寄りがいないから、片付けてくれる人がいないのよ。お金を出せば、やってくれるところもあるんだけど、ずいぶん高くってねぇ。どう？　アルバイトだと思って、やってくんない？　もちろんお金出すわよ」

仕事としては難しいことはなく、何でもかんでもゴミとして捨ててしまえばいいらしい。分別が少し煩わしいが、誰にでもできる作業だ。しかも大家が言うには、もし金目のものが出てきたら（たとえ現金でも）、私たちがもらってしまっても構わない……ということだった。

日当目当てが半分、宝探しへの期待が四分の一、さらにはトッカンババァへの後ろめたさの解消を目的の四分の一にして、私と貴明はその仕事を引き受けた。

トッカンババァの部屋は、かなりひどいものだった。あのアパートは四畳半と六畳の二間続きだったが、途中の襖は取っ払ってあって、どこからか拾ってきたようなガラクタが無数に転がっているのだ。おそらくプロに依頼すれば通常よりも高い手間賃を取られてしまうので、大家は私たちに話を持ってきたのだろう。

「こりゃあ……何も考えずに、パッパッとやった方がいいぜ」

「そうだな。心を石にしよう」

私と貴明はマスクと軍手で完全装備して、黙々と部屋を片付けた。一応、金目のものに対するレーダーは働かせていたが、見事に何も引っかからなかった。唯一、銀行通帳が二冊ほど出てきたが、それぞれ残高が数百円程度だったし、さすがに他人名義の通帳から金を引き出すのはヤバいので、そのまま大家に渡しておいた。

仕事は午前中から始めて、丸一日かかったと思う。ゴミ袋はそれこそ八十枚近く使ったし、そのゴミを集積場まで運ぶのも骨が折れた。冷蔵庫やテレビなどの処理は大家に任せたが、あの労働が日当に見合っていたかどうかはわからない。まぁ、〝袖振り合うも他生《たしょう》の縁〟とでも思わなければ、やりきれない仕事であったのは確かだった。

さらに言えば——あれだけのガラクタがありながら、トッカンババァの過去や、他人との繋がりを示す物が何もなかったのが不思議だった。アルバムの一冊もなく、状差しにささっていたのは公共料金の督促状ばかりで、知り合いからの手紙のようなものは一通もなかったのである。もしかするとトッカンババァ自身が、自殺する前に処分してしまったのかもしれないが——その事実が、私には妙に痛々しく感じられた。

結局、私はトッカンババァの部屋からは何も持ち出さなかった。まだ使えるもの（テレビなどは、私が使っていたものより高性能で新しかった）はたくさんあったが、何となく彼女の情念めいたものが染み込んでいるような気がして、とても貰う気になれなかったのである。

私はやめろと言ったのだが、貴明はテントウムシの形をしたレコードプレーヤーを持ち出した。当時はCDが出回り始めた頃で、今さら何で……と思ったが、どうやら可愛らしいデザインが気に入ったらしい。

「それに……一つくらい何か残しておいてやっても、いいじゃんか」

そのレコードプレーヤーで、ヒカシューというテクノバンドのアルバムを何度も聴きながら、貴明は言った。

貴明が私にも話さなかった出来事というのは、それから一ヶ月ほどしてから起こったのだという。確か十月の小雨の降る金曜日だったと記憶しているが——私たちの部屋に一人の訪問客があった。その日は貴明の定休日で、私も講義がない日だったので、朝から何をするでもなく時間を潰していた。たぶん何日か前にゴミ集積所から拾ってきた週刊プレイボーイの束をほどき、ごろごろしながら読んでいたのではないかと思う。

*

昼過ぎ、そろそろメシにするか……という頃に、誰かが薄っぺらいドアを叩いた。私が出てみると、きちんとスーツを着た銀縁メガネをかけた男性が立っていた。歳は当時の私たちと同じくらいか、三、四歳上くらいというところで、手には大きな紙バッグを提げている。

「すみません……少しお聞きしたいことがあるのですが」

男性は丁寧に頭を下げ、自分の名前を名乗った。今まで聞いたことがない名前だったが、何の肩書きもつけられていないことを私は奇妙に思った。普通、見知らぬ人間の家を訪ねる時は、自分がどこの誰であるか明確にするのは常識だろうに——もしかすると新手の押し売りか宗教の勧誘ではないかと私は警戒して、ぞんざいな口調で言葉を返した。

「今、忙しいんですけど」

「申し訳ありません……実は、並びに住んでいた女性の部屋を片付けられたのは、こちらの方たちだと大家さんに伺ったものですから」

それは当然トッカンババァのことに他ならない。その時点で、何事かと思った貴明も玄関先に出てきた。

「確かに俺たちですけど、それがどうかしましたか？」

「あの人、どういう人でした？」

いささか唐突に、男性は尋ねた。いったい、どう答えたものか——私は返事に窮したが、貴明は、ほとんど反射的と言ってもいいくらいに答えた。

「いやぁ、いい人でしたね。だから亡くなった時は、ショックでしたよ。何か困ったことがあったんなら、相談してくれれば良かったのにって、しばらくメシがノドを通りませんでした」

おいおい、何を言いだしてるんだ——私はチラリと貴明を見た。

「大家さんは、みなさんにご迷惑をかけていたとおっしゃっていましたけど」

銀縁メガネの男性は、不審げに首をかしげながら言った。

「いやいや、大家さんは近くに住んでるわけじゃありませんからね。案外知らないことが多いんですよ。あの人がいい人だったというのは、間違いようのない事実です。僕の破れたズボンを縫ってくれたこともあったし……夕飯のおかずを分けてくれたこともあったなぁ」

もちろん、そんな事実は一度もない。どうやら貴明は『フカシマン』の本領を発揮して、見知らぬ人にまで作り話を始めてしまったらしい。いったい何のためかはわからないが、貴明にそれを尋ねるのは、大して意味のないことだ。

「部屋もきれいにしてましたし、ベランダには、たくさんの鉢植えが並べてありました。全部処分しちゃうのは辛かったんで、友だちの女の子にいくつか引き取ってもらいましたよ……なぁ、シンちゃん」

いきなり水を向けられて私は困惑したが、そんなのはウソだとは言えず、「うん、いい人だったね」と答えざるを得なかった。

「そうですか」

しばらく私たちの話（というか、貴明のホラ）を聞いていた男性は、やがて手にした紙バッグを差し出しながら言った。

「実は私は息子でしてね……と言いましても、二歳の頃に別れたきりで、ろくに顔も覚えていなかったんですが」

紙バッグを受け取りながら私は、思わず男性の顔をまじまじと眺めてしまった。言われて見れば、鼻筋あたりはトッカンババァに似ているような気もする。

男性の話によると――かつてトッカンババァは普通の結婚生活をしていて、女の子一人と男の子一人の母親だったのだが、性質の悪い男に引っかかってしまい、ついには家族を捨ててしまったのだという。

不倫の愛が高じての逃避行なら、まだ救いはあったのだが、相手の男が覚醒剤の売買に関わっていたというから悲惨である。その図式からは絵に描いたような悲劇しか思い浮かばないが、やはりトッカンババァも、その絵のとおりに転落した。覚醒剤に手を染めて逮捕と服役を繰り返し、その途中で男とは切れたが、今さら家族の元に帰れるはずもなく、以後も売春や万引きで逮捕されたことがあるらしい。

（……バカだな）

男性の話を聞いて、私はそう考えざるを得なかった。

精神に異常をきたしていたのは、覚醒剤中毒者に起こるフラッシュ・バックというヤツだったに違いない。どうして自らを破壊するようなことに、若き日のトッカンババァは手を染めてしまったのだろう。ちなみに彼女は見た目は六十歳くらいだったが、実際はまだ、五十歳になったばかりだったそうだ。

「でも、きっと薬は完全に抜けてたんでしょうね。あの人には、そんな雰囲気は少しもありませんでしたから」

なおもトッカンババァを褒めようとする貴明が、私には少し痛かった。相手は私たちより先に、大家さんに話を聞きに行っているのだ。そんなものは見え透いたウソだと、すぐにわかってしまうんじゃないか。

「そうそう、もし家族の人が来たら、これを渡すように言われてました。それまで使っていていいって言われたんで、何回か使っちゃいましたけど」

貴明は一度部屋の奥に引っ込んで、もっともらしいことを言いながら、例のテントウムシ型のレコードプレーヤーを持ってきた。

「そうですか……ありがとうございます」

貴明が紙バッグの中のものを取り出し、かわりにレコードプレーヤーを押し込んで手渡すと、男性は困惑したように受け取り、やがて、かすかな笑いを浮かべて言った。

「それって、ウソでしょう？」

「失礼な人だな！」

その言葉に、貴明は目を剝いた。

「ウソをついて、僕に何の得があるって言うんですか。いきなり人をウソつき呼ばわりするなんて……失敬にもほどがある。とっとと帰ってください」

貴明はそう言いながら、男性を玄関から押し出した。けれど、それが少しも本気で怒っていないということは、付き合いの長い私には、すぐにわかる。

「まったく失礼な人だ」

扉に鍵をかけた貴明はプリプリと怒りながら部屋の奥に戻り、再び週刊プレイボーイの山の間に寝転がり、ヌードグラビアのピンナップを広げた。私が台所の窓を少し開けて外を見ると、男性が階段の下に佇《たたず》んでいて、こちらに深々と頭を下げているのが見えた。

「貴明、あの人が持ってきたのナボナだぜ。お菓子のホームラン王だよ」

私が貰ったお土産を持って部屋に行くと、貴明はグラビアに目を釘付けにしたまま、

「森の詩《うた》もよろしく」とつぶやいた。

「お前さ……あの人がトッカンババァの子供だって、すぐにわかったのか？」

「何となく、そんな気がしただけだよ」

私の言葉に、貴明は気のない返事をした。

「その気持ちはわかんないでもないけど……今のはちょっと強引じゃねぇかな」

お菓子のホームラン王を齧りながら、私は言った。

「それに、あの人にすれば、自分を捨てていった母ちゃんだろ。悲惨な目に遭って、ざまぁみろってとこなんじゃないか」

私が言うと、貴明は鼻で笑った。

「何だよ、シンちゃんも意外に子供だな……そりゃあ、そういう気持ちもゼロとは言わ

ないけどさ……やっぱり自分を捨てていったんなら、せめて幸せになってて欲しいって思う部分もあるんじゃねぇかな。そうじゃなかったら自分が悲しい思いをしたことも、何の意味もなかったことになるじゃん」

もちろん貴明も、銀縁メガネの男性とまったく同じ立場である。それを思うと、何だか急に彼が大人物のように感じられて、少し悔しかった。

「ウソつきにナボナを食う資格はなし。俺が全部貰う」

私が箱のお菓子をすべて取ろうとすると、貴明はその腕をつかんで阻止した。それから私たちは、十分ほど醜いナボナ争奪戦を繰り返したのだった。

貴明が奇妙な目の覚まし方をしたのは、そのあくる日の朝だ。

先に起きたのは私だったが、インスタントコーヒーを飲むために台所でお湯を沸かしていると、奥の部屋でイビキをかいていた貴明が、突然、がばっと体を起こした。

「おい、どうかしたのか？」

いぎたない彼が、そんな目の覚まし方をするのは、それまでにないことであった。だから体に変調でも起こしたのかと思ったのである。

「シンちゃん、さっきから、そこにいた？」

「うん……十分くらい前から」

「そうか」

貴明は自分の右の掌を不思議そうに眺め、開いたり閉じたりしていた。あまつさえ匂いまで嗅いでいて、見るからに不審げだ。

「何だよ、どうかしたのか?」

「いや、これだけはウソだと思われたくない……だから、シンちゃんにも話さないようにするよ」

どこか嚙み締めるように彼が言い、私は首をかしげるしかなかった。何度か聞いても同じような返答しかしないので、私もいい加減付き合いきれなくて、そのまま忘れてしまったのだが――それから二十五年後、私は病床にある貴明から、ようやく、その答えを教えられたのだ。

何でも、彼は生々しい夢を見たのだという。

いや、見たというのは、正しくない。彼は私が台所で何かやっているのに気づくほど、すっかり目が覚めていた。ただ、なかなか目を開けることができなくて、とろとろとしたまどろみの中にいたらしい。

そっと誰かが彼の右手を握ったのは、そんな妖しい意識の時だった。

そう大きくない、すべすべの手だったという。その感覚は実際に触られているのと変わらず、彼がそっと力を入れると、同じくらいの強さで握り返してきたらしい。その手は二十秒ほどで彼の手を離したが、続いて彼の額を三度撫でたのだそうだ。

「それは……やっぱりトッカンババァかな」

病院で彼の話を聞いた時、私は初めに心に浮かんだことを、大した考えもなしに口にした。もちろん彼が寝ぼけていたと考えるのが、一番納得のいく解釈であるが——そうでなければ、やはり自分のために優しいウソをついた貴明に、トッカンババァがささやかな感謝の意を表した……と考えるのが、しっくり来るような気がした。

「いや、あれはトッカンババァじゃないよ」

ベッドの上で貴明は、自分の痩せ細った右手を見ながら言った。

「あれは間違いない……俺の母ちゃんだ」

「お前のお母さん？」

「小さい頃、いつもそうだったんだ……手を握ったり、ほっぺを触ったりした後、母ちゃんは必ずおでこを撫でるんだよ。こんな風に、下から上に」

そう言いながら母親の手の動きを真似て見せた後、貴明は笑った。

＊

この町を再び訪れたのは、紫陽花《あじさい》の頃である。

やはり貴明は、すべてにおいて手遅れだった。私が見舞いに行って三週間後に、彼の容態は急変し、丸一日昏睡状態になった後、家族に看取《みと》られて世を去ったのだ。

知らせを聞いた時、「バカ野郎、いくら何でも早過ぎる」と、私は風呂場で号泣した。今時、四十男が泣ける場所は、そんなところくらいしかないものなのだ。

彼の通夜は町屋斎場で行われることになり、私は妻子に先駆けて一人で訪れた。斎場の場所は知っていたが、わざと遠回りをして細い路地を歩いた。

黒い革靴を鳴らしながら、どうしても二十五年前の貴明の夢の話が思い出された。

夢うつつの中で、彼の手を握った手――それはいったい誰のものなのだろう。

トッカンババァか、あるいは本当に彼の母親だろうか。もし母親だとすれば、その時に母親は、どこかで亡くなっていたのだろうか。

いずれにしても、ただの貴明の思い違いだったとは考えない。『フカシマン』貴明が、ウソだと思われたくないと親友の私にまで秘密にしていたのだ。それが真実でないはずがなかろう。

「貴明……お前も、本当にバカだな」

歩きながら小声で呟くと、見知らぬ家の庭先に揺れている紫陽花の青紫が目に飛び込んでくる。

時は移り、人は去り、花は変わる。すでにつつじの姿はなく、人はつつじが咲いていたことさえ忘れるだろう。けれど目を閉じれば――そのつつじの赤は、多少のことで消え去りはしないほどに鮮烈なのだ。

やがて斎場につき、物言わなくなった貴明に会った。今にも途方もないウソをつくために、目を開けそうな気がした。

「浩子さん……このたびは」

貴明の妻である浩子さんに挨拶した後、ふと病院でした約束を思い出す。

浩子さんは貴明に、本当の病名を隠していた。そう判断したということは、おそらく彼女が知った時点で、すでに手遅れだったということなのだろうか。

けれど貴明は、自分の病気のことを知っていた。守秘義務があるはずの何者かが、その義務を貫けず、本人にバラしてしまったのだ。

そのおかげで幸せだったと、貴明は言っていた――みんなが自分にバラさないよう、心を砕いているのが見えて、その気持ちに感謝の念が湧くのだという。

(浩子さんは、もう教えられたんだろうか)

もし時間があれば、きっと貴明は妻に、自分が真実を知っていたことを話していただろう。そしてその心尽くしに、感謝の意を示したはずだ。

けれど、もし、その時間がなかったとしたら――彼は大切なことを妻に告げることができなかったかもしれない。そうだとしたら真実を知っている自分が、浩子さんに伝えるべきなのではないか……と思えた。たぶん約束は、もうご破算と考えていいのだろうから。

「浩子さん、実は確かめたいことがあるんですけど」

喪服姿でやつれた顔をした浩子さんに、私は尋ねた。

「実は自分の病気のことを知っていたって……あいつから聞きましたか？」

ハンカチで鼻の下を押さえながら、浩子さんは不思議そうに首をかしげた。

「聞いていないんですか」

私は最後に会った時、貴明が言っていたことを浩子さんに話した。彼女は落ち着かない顔で聞いていたが、やがて、ほんのかすかに目を細め、歯を見せないように笑った。

「すみません……それ、ウソですよ」

「えっ？」

「私も本人も、病気のことは前から知っていました。だって、二人でお医者さまの話を聞いたんですから……初めのうちは子供たちに伏せましたけど、一月ほど前に本人が話しました」

もしかすると、またやられたのか……という気持ちが、湧き起こってくる。

(貴明、お前、まさか)

「本当に、あの人は子供みたいな人で……最後の最後までご迷惑をかけて、本当にすみません」

浩子さんは深々と頭を下げたが、何ともおかしそうな顔をしていた。

「ちぇっ、またやられたよ……バカ野郎が」

私は思わず、遺影の貴明に笑いかけてしまう。

（だって、その方が面白いじゃん）

そんな貴明の声が、聞こえたような気がした。

解説

宇江佐　真理

わが国では毎月、毎月、夥《おびただ》しい数の本が出版され、新聞や雑誌に賑々しく広告が載《の》る。書店も次々と新刊本が送られて来るので、じっくり売ることができず、数字の出ない作品は早々に返品の憂き目を見る。中には梱包を解いた形跡のないまま返品されるものもあるという。せめて、一度は開けて見てくれよ、とぼやいていた編集者もいた。

最近の小説界もカラオケ現象とやらが起きていて、誰でもパソコンをカチャカチャ打って小説らしきものを仕上げてしまうから恐ろしい。本当に小説のことをわかっているんかい、とツッコミを入れてみたくなるが、そんなことをすれば、若い才能に嫉妬しているだの、年寄りの嫌味だのと言われるのがオチだろう。

書くのは人の勝手である。書きたきゃ書きゃあいい。だが、ひょいと思いついて書いたものが図に当たったからと言って、その先も続くほどこの国の小説界は、ヤワではない。ヤワではないと信じたいが、数字優先の編集者も増えているので、私の心配は尽きない。

何かの賞の受賞者が、これで駄目なら小説をやめる覚悟だったとおっしゃることも気になる。いいですか、真の小説家とは、決して書くことをやめようとは考えないものである。結果が出ないからやめるとは何たる傲慢、何たる恥知らずだろう。駄作でも書き続けている内は次に繋《つな》がる。それがわからないのか！　と、私は何を言っているのだろうか。

本当に人の心を打つ作品とは、実は出版社の思惑や、それを取り巻く事情とは次元が違うもののように私は思っている。安易に感動を引き出す作品にも私は懐疑的である。そんなものは一過性で、気まぐれな読者はすぐに他の作品に目移りしてしまう。人の意見に惑わされず、自分の目と心を信じることが作家にも読者にも必要なのではないかと、このご時世だからこそ私は思う。

それはともかく、朱川湊人さんのお名前を知ったのは、恐らく二〇〇二年に「フクロウ男」でオール讀物推理小説新人賞を受賞された時だろう。変わったタイトルに目を惹《ひ》かれたが、まあ、それだけの話だった。だが、あれよあれよと思う間に朱川さんは「花まんま」で第一三三回の直木賞を受賞され、流行作家のお一人となっていた。いつの間に？　と思うほど、その経過はさり気なく感じられる。きっと、小説の流れが朱川さんに自然な形で訪れたのだろう。今はやりの言葉で言えば朱川さんは何か持っていらしたと思う。

朱川さんに初めてお会いしたのは、ほんの偶然だった。出版社の忘年会の二次会で作家の諸田玲子さんや数人の編集者とともに和食屋にご一緒したのである。大変に気さくな方だった。会話の途中にツッコミやギャグを入れ、大いに笑わせていただいた。その後、朱川さんとは食事をする機会が何度かあった。二度目にお会いする前に私は朱川さんの「花まんま」を手に取った。

恐らく朱川さんにお会いする機会がなかったなら、私がその作品を読むこともなかったはずである。たとい直木賞受賞作でも、よほど気が向かない限り私は読まない。その意味で私は怠惰な読者である。小説界のカラオケ現象を地で行くのは、実は私なのかも知れない。

私が小説に期待することは、ただひとつである。違う景色を見せて貰うことだ。それ以上は望まない。違う景色とは新たな世界観を持つものでもある。「花まんま」にそれがあるかどうかはわからなかったが、とり敢《あ》えず読んでおくのがその時の浮世の義理でもあった。

しかし、読み終えて私は呆然とした。朱川さんの作品の背景とされる時代は私がリアルタイムで過ごした子供時代だった。ただし、その頃、朱川さんはまだお生まれになっていないか、ほんの赤ん坊である。高度成長期の日本がどうしてそれほど朱川さんにはよく思えるのだろうか。疑問は尽きなかった。

「花まんま」には私が求めていた違う景色がたくさんあった。既視感があるのに新鮮でならなかった。あの時代のよさを私は見過ごしていたのだろう。

私は団塊の世代で、日本の文化の端境期《はざかいき》に生まれたと思っている。最初からテレビや洗濯機があった訳でなく、徐々に便利な品が家庭に出現するようになったのだ。両親のものの考え方も古めかしく非科学的に思えた。近所には朝鮮の人々も多く住んでいた。「チョウセン、チョウセント、パカ(馬鹿)ニスルナ。同チ(同じ)メシ喰ッテ、トコ違ウ」

私は朝鮮の人々の悲痛な声をなぜ覚えているのだろう。それにしては、日本人は彼らの国の言葉で話し掛けたりしなかった。アニョンハセヨ(こんにちは)も例のヨン様のドラマが一世を風靡してから覚えたように思う。

あの頃の様々な流行、風俗、習慣などがいっきに朱川作品から立ち昇り、大袈裟でもなく私は身動きできない気持ちになった。それは単なる郷愁だけでなく、忘れていた記憶を甦らせ、新たに何かを強く訴える力があった。

なぜ、あの時代を背景にするのかと朱川さんにお訊《たず》ねすると、どうやら過ぎてしまった時代とその時代を過ごした人々に限りない愛着を覚えていらっしゃるようなのだ。

ようなのだ、と書いたのは、普段の朱川さんは、真顔で小説論をぶつ方ではないので

（いつも煙に巻かれている）、明確な答えを引き出すことができなかったからだ。

そうして、朱川さんの特徴であるファンタジー・ホラー（他に適切な言葉はないのだろうか。少し軽過ぎる）も、あの時代には取り込み易かったのだろう。昭和三十年代には、まだまだ不可思議な都市伝説が多く存在し、子供だった私もその中の幾つかを信じていたふしがあった。

朱川さんは霊感体質なのだろうか。その風貌からはとても察することができない。だが、楽しい家族旅行も座敷わらしが出ると噂の宿に泊まったとお聞きして、根本的に不可思議な事象を好む傾向があると感じた。座敷わらしが実際に出たかどうかは失念しているが。

さてこの度、朱川さんの「あした咲く蕾」が文庫になるということで、不肖私が解説を仰せつかった。それは朱川さんの前々からのご要望ということだった。大変にありがたいと思う。書店で読者が文庫を手に取り、買うか買うまいかと思案する時、解説を読んで決めることがある。私もそうだ。よい作品ならば、おのずと解説者の筆も勢いがいい。責任重大で、お引き受けした後から次第に緊張してきた。解説を引き受けたら徹底的に褒《ほ》め上げげよ、という作家もいた。それが作者に対するサービスであり、礼儀でもあると。しかしなあ、おもしろくない作品を無理やり褒め上げるのは私の意に染まない。「あした咲く蕾」はその時点で未読だった。よい作品であればいいと、私は祈るような気持ちで作品の到着を待った。

これは担当編集者のメールによると「花まんま」と対《つい》になる作品で、「花まんま」は大阪が舞台だが「あした咲く蕾」は関東が舞台だという。時代も「花まんま」の時より若干新しくなっている。朱川さんが大層力を入れてお書きになったそうだ。よし。作者が力を入れて書いたものなら、そうそう裏切られることはあるまい。事実、その通りだった。

表題作の「あした咲く蕾」はカルメン・マキに似た美知恵という主人公の叔母に当たる女性の話である。カルメン・マキ――どこか退廃的なムードを漂わせたハーフの歌手だった。その美知恵おばさんには自分の命を他に分け与える不思議な能力があり、結局、その能力のために自らの命も落としてしまう物語だった。

しかし、美知恵おばさんは自分の命が縮まることがわかっていても消えそうな命を救わずにはいられなかった。淡々と物語が進行するので、いつしか美知恵おばさんの能力を私も自然に受け入れていたところがあった。

どんと驚くのはラスト一行である。これがあることで朱川さんの作品は異彩を放つ。どうぞ、読者の皆さんもラスト一行に驚いてほしい。わざわざ断りを入れなければ見過ごしてしまう恐れもあるほどさり気ないからだ。

収録された七編の作品はそれぞれのタイトルが素敵だ。「あした咲く蕾」もそうだが、

「雨つぶ通信」「カンカン軒怪異譚」「空のひと」「虹とのら犬」「湯呑の月」、そして「花、散ったあと」と、時代小説のタイトルにしてもよさそうなものばかりである。

いや、今回、朱川さんがタイトルの名手でもあると改めて思った。

七編の作品は皆、淡い悲しみに満ちている。それでいて妙に明るさが感じられる。雨の日の場面だとしても明度が高いのだ。これはどうしたことだろう。だが、私は知っている。それは朱川さんのお人柄によるものだということを。悲しい話を、ただ悲しみだけで終わらせない。そこには僅かながらでも希望があり、救いがあるのだ。それが読後の心地よい余韻に繋がっている。「カンカン軒怪異譚」が好きだ。「空のひと」も好き。「虹とのら犬」も「花、散ったあと」も好き。皆んな好き。

ひと回り以上も年下の朱川さんに私は作品を通して教わることが多かった。小説とはやり切れない現実世界をいっとき忘れさせてくれるものだが、同時に明日を生きるための力も与えてくれる。

朱川作品と出会ったことは、私にとって僥倖である。しかし、それを朱川さんに面と向かって申し上げたことはない。朱川さんにお会いしなければ読まなかった、とさり気なくお伝えしただけである。朱川さんはポーカー・フェイスのまま、何もお応えにはならなかった。しかし、文庫の解説をご指名していただいたということは、少しは嬉しかったのかなと、勝手に私は思っている。

これからも朱川さんには違う景色をたくさん見せてほしいと心から思っている。私はもはや浮世の義理でなく、一ファンとして朱川さんの作品を心待ちにしているのだから。

（作家）

初出誌「オール讀物」

あした咲く蕾　二〇〇七年八月号
雨つぶ通信　二〇〇九年二月号
カンカン軒怪異譚　二〇〇八年八月号
空のひと　二〇〇八年三月号
虹とのら犬　二〇〇七年十一月号
湯呑の月　二〇〇八年十一月号
花、散ったあと　二〇〇九年七月号

単行本　二〇〇九年八月　文藝春秋刊

文春文庫

あした咲《さ》く蕾《つぼみ》

定価はカバーに
表示してあります

2012年3月10日　第1刷

著　者　朱《しゅ》川《かわ》湊《みな》人《と》
発行者　村上和宏
発行所　株式会社 文藝春秋

東京都千代田区紀尾井町 3-23　〒102-8008
TEL　03・3265・1211
文藝春秋ホームページ　http://www.bunshun.co.jp

落丁、乱丁本は、お手数ですが小社製作部宛お送り下さい。送料小社負担でお取替致します。

印刷製本・凸版印刷

Printed in Japan
ISBN978-4-16-771205-1

（　）内は解説者。品切の節はご容赦下さい。

重松　清
小学五年生
人生で大切なものは、みんな、この季節にあった。まだ「おとな」でないけれど、もう「こども」でもない微妙な年頃を、移りゆく四季を背景に描いた笑顔と涙の少年物語、全十七篇。

し-38-8

重松　清
その日のまえに
僕たちは「その日」に向かって生きてきた――。死にゆく妻を静かに見送る父と子らを中心に、それぞれのなかにある生と死、そして日常のなかにある幸せの意味を見つめる連作短篇集。

し-38-7

重松　清
季節風　冬
出産のため、離れて暮らす母親を想う五歳の女の子の素敵なクリスマスを描く「サンタ・エクスプレス」他、寒い季節の心を暖かくする「季節風」シリーズ「冬」のものがたり12篇。

し-38-9

朱川湊人
花まんま
幼い妹が突然誰かの生まれ変わりと言い出す表題作の他、昭和三、四十年代の大阪の下町を舞台に不思議な出来事をノスタルジックな空気感で情感豊かに描いた直木賞受賞作。（重松　清）
し-43-2

朱川湊人
スメラギの国
新居に決めたアパートの前には、猫が集まる不思議な空き地。それが悲劇の始まりだった。最愛のものを守るために死闘する人と猫。愛と狂気を描く長篇ホラーサスペンス。（藤田香織）
し-43-3

朱川湊人
いっぺんさん
一度だけ何でも願いを叶えてくれる神様を探しに行った少年たちのその後の顚末を描いた表題作「いっぺんさん」他、懐かしさと恐怖が融合した小さな奇跡を集めた短篇集。（金原瑞人）
し-43-4

新野剛志
FLY
すべてはあの「夏」から始まった。高校生・向井広幸は公園で知り合った男に恋人を殺された。執念で犯人を追い、十五年の月日が流れる。やがて判明する衝撃の真相。純愛の姿を問う長篇。

し-45-1